大家与给大家的

人生课

史铁生
汪曾祺
丰子恺
等著

重庆出版集团 重庆出版社

图书在版编目（CIP）数据

大家写给大家的人生课 / 史铁生等著. —— 重庆：
重庆出版社, 2022.12
ISBN 978-7-229-17102-5

Ⅰ.①大… Ⅱ.①史… Ⅲ.①散文集 – 中国 – 现代②
散文集 – 中国 – 当代 Ⅳ.①I266

中国版本图书馆CIP数据核字(2022)第158194号

大家写给大家的人生课
DAJIA XIEGEI DAJIA DE RENSHENGKE
史铁生　汪曾祺　丰子恺　等著

责任编辑：钟丽娟
责任校对：廖应碧
装帧设计：颜森设计

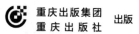 重庆出版集团
重庆出版社　出版

重庆市南岸区南滨路162号1幢　　邮政编码：400061　　http://www.cqph.com
重庆出版集团艺术设计有限公司制版
重庆市国丰印务有限责任公司印刷
重庆出版集团图书发行有限公司发行
E-MAIL：fxchu@cqph.com　邮购电话：023-61520646
全国新华书店经销

开本：890mm×1240mm　1/32　印张：8.5　字数：188千
2022年12月第1版　2022年12月第1次印刷
ISBN 978-7-229-17102-5

定价：48.50元

如有印装质量问题，请向本集团图书发行有限公司调换：023-61520678

目录 | Contents

第一章　认识自我

相信自己，靠自己，随时随地尽自己的一份儿往最好里做去，让自己活得有意思，一时一刻一分一秒都有意思。

论自己[1]

（文 / 朱自清）

翻开辞典，"自"字下排列着数目可观的成语，这些"自"字多指自己而言。这中间包括着一大堆哲学，一大堆道德，一大堆诗文和废话，一大堆人，一大堆我，一大堆悲喜剧。自己"真乃天下第一英雄好汉"，有这么些可说的，值得说值不得说的！难怪纽约电话公司研究电话里最常用的字，在五百次通话中会发现三千九百九十次的"我"。这"我"字便是自己称自己的声音，自己给自己的名儿。

自爱自怜！真是天下第一英雄好汉也难免的，何况区区寻常人！冷眼看去，也许只觉得那托自尊大狂妄得可笑；可是这只见了真理的一半儿。掉过脸儿来，自爱自怜确也有不得不自爱自怜的。幼小时候有父母爱怜你，特别是有母亲爱怜你。到了长大成人，"娶了媳妇儿忘了娘"，娘这样看时就不必再爱怜你，至少不必再像当年那样爱怜你。——女

---

1 原载1942年11月15日《人世间》第1卷第2期。

的呢，"嫁出门的女儿，泼出门的水"；做母亲的虽然未必这样看，可是形格势禁而且鞭长莫及，就是爱怜得着，也只算找补点罢了。爱人该爱怜你？然而爱人们的嘴一例是甜蜜的，谁能说"你中有我，我中有你！"真有那么回事儿？赶到爱人变了太太，再生了孩子，你算成了家，太太得管家管孩子，更不能一心儿爱怜你。你有时候会病，"久病床前无孝子"，太太怕也够倦的，够烦的。住医院？好，假如有运气住到像当年北平协和医院样的医院里去，倒是比家里强得多。但是护士们看护你，是服务，是工作；也许夹上点儿爱怜在里头，那是"好生之德"，不是爱怜你，是爱怜"人类"。——你又不能老呆在家里，一离开家，怎么着也算"作客"；那时候更没有爱怜你的。可以有朋友招呼你；但朋友有朋友的事儿，哪能教他将心常放在你身上？可以有属员或仆役伺候你，那——说得上是爱怜么？总而言之，天下第一爱怜自己的，只有自己；自爱自怜的道理就在这儿。

再说，"大丈夫不受人怜。"穷有穷干，苦有苦干；世界那么大，凭自己的身手，哪儿就打不开一条路？何必老是向人愁眉苦脸唉声叹气的！愁眉苦脸不顺耳，别人会来爱怜你？自己免不了伤心的事儿，咬紧牙关忍着，等些日子，等些年月，会平静下去的。说说也无妨，只别不拣时候不看地方老是向人叨叨，叨叨得谁也不耐烦的岔开你或者躲开你。也别怨天怨地将一大堆感叹的句子向人身上扔过去。你怨的是天地，倒碍不着别人，只怕别人奇怪你的火气怎么这样大。——自己也免不了吃别人的亏。值不得计较的，不做声吞下肚去。出入大的想法子复仇，力量不够，卧薪尝胆的准备着。可别这儿那儿尽嚷嚷——嚷嚷完了一扔开，倒便宜了那欺负你的人。"好汉胳膊折了往袖子里藏"，为的是不在人面前露怯相，要人爱怜这"苦人儿"似的，这是要强，不是装。说也怪，不受人怜的人倒是能得人怜的人；要强的人总是最能自爱自怜的人。

大丈夫也罢，小丈夫也罢，自己其实是渺乎其小的，整个儿人类只是一个小圆球上一些碳水化合物，像现代一位哲学家说的，别提一个人的自己了。庄子所谓马体一毛，其实还是放大了看的。英国有一家报纸登过一幅漫画，画着一个人，仿佛在一间铺子里，周遭陈列着从他身体里分析出来的各种元素，每种标明分量和价目，总数是五先令——那时合七元钱。现在物价涨了，怕要合国币一千元了罢？然而，个人的自己也就值区区这一千元儿！自己这般渺小，不自爱自怜着点又怎么着！然而，"顶天立地"的是自己，"天地与我并生，万物与我为一"的也是自己；有你说这些大处只是好听的话语，好看的文句？你能愣说这样的自己没有！有这么的自己，岂不更值得自爱自怜的？再说自己的扩大，在一个寻常人的生活里也可见出。且先从小处看。小孩子就爱搜集各国的邮票，正是在扩大自己的世界。从前有人劝学世界语，说是可以和各国人通信。你觉得这话幼稚可笑？可是这未尝不是扩大自己的一个方向。再说这回抗战，许多人都走过了若干地方，增长了若干阅历。特别是青年人身上，你一眼就看出来，他们是和抗战前不同了，他们的自己扩大了。——这样看，自己的小，自己的大，自己的由小而大。在自己都是好的。

自己都觉得自己好，不错；可是自己的确也都爱好。做官的都爱做好官，不过往往只知道爱做自己家里人的好官，自己亲戚朋友的好官；这种好官往往是自己国家的贪官污吏。做盗贼的也都爱做好盗贼——好喽啰，好伙伴，好头儿，可都只在贼窝里。有大好，有小好，有好得这样坏。自己关闭在自己的丁点大的世界里，往往越爱好越坏。所以非扩大自己不可。但是扩大自己得一圈儿一圈儿的，得充实，得踏实。别像肥皂泡儿，一大就裂。"大丈夫能屈能伸"，该屈的得屈点儿，别只顾伸出自己去。也得估计自己的力量。力量不够的话，"人一能之，己百之，人十能之，己千之"；得寸是寸，得尺是尺。总之路是有的。看得远，想得开，把得稳；自己是世界的时代的一环，别脱了节才真算好。力量怎样微弱，可是是自己的。相信自己，靠自己，随时随地尽自己的一份儿往最好里做去，让自己活得有意思，一时一刻一分一秒都有意思。这么着，自爱自怜才真是有道理的。

1942年9月1日作

个人计划

（文 / 老舍）

个人计划没有职业的时候，当然谈不到什么计划——找到事再说。找到了事作，生活比较的稳定了，野心与奢望又自减缩——混着吧，走到哪儿是哪儿；于是又忘了计划。过去的几年总是这样，自己也闹不清是怎么过来的。至于写小说，那更提不到计划。有朋友来信说"作"，我就作；信来得太多了呢，便把后到的辞退，说上几声"请原谅"。有时候自己想写一篇，可是一搁便许搁到永远。一边做事，一边写作，简直不是回事儿！一九三四年了，恐怕又是马虎的过去。不过，我有个心愿：希望能在暑后不再教书，而专心写文章，这个不是容易实现的。自己的负担太重，而写文章的收入又太薄；我是不能不管老母的，虽然知道创作的要紧。假如这能实现，我愿意暑后到南方去住些日子；杭州就不错，那里也有朋友。

不论怎样吧，这是后半年的话。前半年呢，大概还是一边教书，一边写点东西。现在已经欠下了好几个刊物的债，都该在新年后还上，每月至少须写一短篇。至于长篇，那要看暑假后还教书与否；如能辞退教职，自然可以从容的乱写了。不能呢，长篇即没希望。我从前写的那几本小说都成于暑假与年假中，因除此再找不出较长的时间来。这么一来，可就终年苦干，一天不歇。明年暑假决不再这么干，我的身体实在不能说是很强壮。春假想去跑泰山，暑假要到非避暑的地方去避暑——真正避暑的地方不是为我预备的。我只求有个地点休息一下，暑一点也没关系。能一个月不拿笔，就是死上一回也甘心！

提到身体，我在四月里忽患背痛，痛得翻不了身，许多日子也不能"鲤鱼打挺"。缺乏运动啊。篮球足球，我干不了，除非有意结束这一辈子。于是想起了练拳。原先我就会不少刀枪剑戟——自然只是摆样子，并不能去厮杀一阵。从五月十四开始又练拳，虽不免近似义和团，可是真能运动运动。因为打拳，所以起得很早；起得早，就要睡得早；这半年来，精神确是不坏，现在已能一气练下四五趟拳来。这个，我要继续下去，一定！自从我练习拳术，舍猫小球也胖了许多，因我一跳，她就扑我的腿，以为我是和她玩耍呢。她已一岁多了，尚未生小猫。扑我的腿，和有时候高声咪喵，或系性欲的压迫，我在来年必须为她定婚，这也在计划之中。

至于钱财，我向无计划。钱到手不知怎么就全另找了去处。来年呢，打算要小心一些。书，当然是要买的。饭，也不能不吃。要是俭省，得由零花上设法。袋中至多只带一块钱是个好办法；不然，手一痒则钞票全飞。就这样吧，袋中只带一元，想进铺子而不敢，则得之矣。这像个计划与否，我自己不知道。不过，无论怎样，我是有志向善，想把生活"计划化"了。"计划化"惯了，生命就能变成个计划。将来不幸一命身亡，会有人给立一小块石碑，题曰"舒计划葬于此"。新年不宜说丧气话，那么，取消这条。

载1934年1月《东方杂志》第三十一卷第一期

中　年

（文 / 梁实秋）

钟表上的时针是在慢慢的移动着的，移动的如此之慢，使你几乎不感觉到它的移动，人的年纪也是这样的，一年又一年，总有一天会蓦然一惊，已经到了中年，到这时候大概有两件事使你不能不注意。讣闻不断的来，有些性急的朋友已经先走一步，很煞风景；同时又会忽然觉得一大批一大批的青年小伙子在眼前出现，从前也不知是在什么地方藏着的，如今一齐在你眼前摇晃，磕头碰脑的尽是些昂然阔步满面春风的角色，都像是要去吃喜酒的样子。

自己的伙伴一个个的都入蛰了，把世界交给了青年人。所谓"耳畔频闻故人死，眼前但见少年多"，正是一般人中年的写照。

从前杂志背面常有"韦廉士红色补丸"的广告，画着一个憔悴的人，弓着身子，手拊在腰上，旁边注着"图中寓意"四字。那寓意对于青年人是相当深奥的。可是这幅图画却常在一般中年人的脑里涌现，虽然他不一定想吃"红色补丸"，那点寓意他是明白的了。一根黄松的柱子，都有弯曲倾斜的时候，何况是二十六块碎骨头拼凑成的一条脊椎？年青人没有不好照镜子的，在店铺的大玻璃窗前照一下都是好的，总觉得大致上还有几分姿色。这顾影自怜的习惯逐渐消失，以至于有一天偶然揽镜，突然发现额上刻了横纹，那线条是显明而有力，像是吴道子的"莼菜描"，心想那是抬头纹，可是低头也还是那样。再一细看头顶上的头发有搬家到腮旁颔下的趋势，而最令人怵目惊心的是，鬓角上发现几根白发，这一惊非同小可，平夙一毛不拔的人到这时候也不免要狠心的把它拔去，拔毛连茹，头发根上还许带着一颗鲜亮的肉珠。但是没有用，岁月不饶人！

一般的女人到了中年，更着急。哪个年轻女子不是饱满丰润得像一颗牛奶葡萄，一弹就破的样子？哪个年轻女子不是玲珑矫健得像一只燕子，跳动得那么轻灵？到了中年，全变了。曲线都还存在，但满不是那么回事，该凹入的部分变成了凸出，该凸出的部分变成了凹入，牛奶葡萄要变成为金丝蜜枣，燕子要变鹌鹑。最暴露在外面的是一张脸，从"鱼尾"起皱纹撒出一面网，纵横辐辏，疏而不漏，把脸逐渐织成一幅铁路线最发达的地图，脸上的皱纹已经不是熨斗所能烫得平的，同时也不知怎么在皱纹之外还常常加上那么多的苍蝇屎。所以脂粉不可少。除非粪土之墙，没有不可圬的道理。在原有的一张脸上再罩上一张脸，本是最简便的事。不过在上妆之前下妆之后容易令人联想起聊斋志异的那一篇《画皮》而已。女人的肉好像最禁不起地心的吸力，一到中年便一齐松懈下来往下堆摊，成堆的肉挂在脸上，挂在腰边，挂在踝际。听说有许多西洋女子用擀面杖似的一根棒子早晚浑身乱搓，希望把浮肿的肉压得结实一点，又有些人干脆忌食脂肪忌食淀粉，扎紧裤带，活生生的把自己"饿"回青春去。

有多少效果，我不知道。

别以为人到中年，就算完事。不。譬如登临，人到中年像是攀跻到了最高峰。回头看看，一串串的小伙子正在"头也不回呀，汗也不揩"的往上爬。再仔细看看，路上有好多块绊脚石，曾把自己磕碰得鼻青脸肿，有好多处陷阱，使自己做了若干年的井底蛙。回想从前，自己做过扑炉蛾，惹火焚身，自己做过撞窗户纸的苍蝇，一心想奔光明，结果落在粘苍蝇的胶纸上！这种种景象的观察，只有站在最高峰上才有可能。向前看，前面是下坡路，好走得多。

施耐庵《水浒》序云："人生三十未娶，不应再娶；四十未仕，不应再仕。"其实"娶""仕"都是小事，不娶不仕也罢，只是这种说法有点中途弃权的意味，西谚云："人的生活在四十才开始。"好像四十以前，不过是几出配戏，好戏都在后面。我想这与健康有关。吃窝头米糕长大的人，拖到中年就算不易，生命力已经蒸发殆尽。这样的人焉能再娶？何必再仕？服"维他赐保命"都嫌来不及了。我看见过一些得天独厚的男男女女，年轻的时候愣头愣脑的，浓眉大眼，生僵挺硬，像是一些又青又涩的毛桃子，上面还带着挺长的一层毛。他们是未经琢磨过的璞石。可是到了中年，他们变得润泽了，容光焕发，脚底下像是有了弹簧，一看就知道是内容充实的。他们的生活像是在饮窖藏多年的陈酿，浓而芳冽！对于他们，中年没有悲哀。

四十开始生活，不算晚，问题在"生活"二字如何诠释。如果年届不惑，再学习溜冰踢毽子放风筝，"偷闲学少年"，那自然有如秋行春令，有点勉强。半老徐娘，留着"刘海"，躲在茅房里穿高跟鞋当做踩高跷般的练习走路，那也是惨事。

中年的妙趣，在于相当的认识人生，认识自己，从而做自己所能做的事，享受自己所能享受的生活。科班的童伶宜于唱全本的大武戏，中年的演员才能担得起大出的轴子戏，只因他到中年才能真懂得戏的内容。

我最初的人生思索

大概是我九岁那年的晚秋，因为穿着很薄的衣服在院里跑着玩，跑得一身汗，又站在胡同口去看一个疯子，受了风，我病倒了。病得还不轻呢！面颊烧得火辣辣的，脑袋晃晃悠悠，不想吃东西，怕光，尤其受不住别人嗡嗡的说话声……妈妈就在外屋给我架一张床，床前的茶几上摆了几瓶味苦难吃的药，还有与其恰恰相反，挺好吃的甜点心和一些很大的梨。妈妈将手绢遮在灯罩上——嗯，真好！

我的房间和妈妈住的那间房有扇门通着。该入睡时，妈妈披一条薄毯来问我还难受不，想吃什么。然后，她低下身来，用她很凉的前额抵一抵我的头，那垂下来的毯边的丝穗弄得我肩膀怪痒的。"还有点烧，谢天谢地，好多了……"她说。在半明半暗的灯光里，妈妈朦胧而温柔的脸上现出让人舒心的微笑。

最后，她扶我吃了药，给我盖了被子，就回屋去睡了。只剩下我自己。

我一时睡不着，便胡思乱想起来。脑子里乱得很，好像一团乱线，抽不出一个可以清晰地思索下去的线头。白天留下的印象搅成一团：那个疯子可笑和可怕的样子总缠着我，不想不行；还有追猫呀，大笑呀，死蜻蜓呀，然后是哥哥打我，挨骂了，呕吐了，又是挨骂；鸡蛋汤冒着热气儿……穿白大褂的那个老头儿，拿着一个连在耳朵上的冰凉的小铁疙瘩，一个劲儿地在我胸脯上乱摁；后来我觉得脑子彻底混乱，不听使唤，便什么也不去想，渐渐感到眼皮很重，昏沉沉中，觉得茶几上几只黄色的梨特别刺眼，灯光也讨厌得很，昏暗、无聊、没用，呆呆地照着。睡觉吧，我伸手把灯闭了。

黑了！霎时间好像一切都看不见了。怎么这么安静、这么舒服呀……月光刚才好像一直在窗外窥探，此刻从没拉严的窗帘的缝隙里钻了进来，碰到药瓶上、瓷盘上、铜门把手上，散发出淡淡发蓝的幽光。灯光怎么使生活显得这么狭小，它只照亮身边，而夜，黑黑的，却顿时把天地变得如此广阔、无限深长呢？

我在那个年龄并不懂这些。我只觉得这黑夜中的天地神秘极了，浑然一体，深不可测，浩无际涯。我呢，这么小，无依无靠，孤孤单单，这黑洞洞的世界仿佛要吞掉我似的。这时，我感到身下的床没了，屋子没了，地面也没了，四处皆空，一切都无影无踪；自己恍惚悬在天上了，躺在软绵绵的云彩上……周围那样旷阔，一片无穷无尽的透明的乌蓝色，云也是乌蓝乌蓝的；远远近近还忽隐忽现地闪烁着星星般的亮点儿……这天究竟有多大，它总得有个尽头呀！哪里是边？那个边的外面是什么？又有多大？再外边……难道它竟无边无际吗？相比之下，我们多么小。我们又是谁？这么活着，喘气，眨眼，我到底是谁呀！

我是从哪儿来的？从前我在哪里？是什么样子？我怎么成为现在这个我的？将来又会怎么样？长大，像爸爸那么高，做事……再大，最后呢？老了，老了以后呢？这时我想起妈妈说过的一句话："谁都得老，都得死的。"

死？这是个多么熟悉的字眼呀！怎么以前我就从来没想过它意味着什么呢？死究竟意味着什么？像爷爷，像从前门口卖糖葫芦的那个老婆婆，闭上眼，不能说话，一动不动，好似睡着了一样。可是大家哭得那么伤心。到底还是把他们埋在地下了。忽然，我感到一阵来自死亡的神秘、阴冷和可怕，觉得周身仿佛散出凉气来。

于是，哥哥那本没皮儿的画报里脸上长毛的那个怪物出现了，跟着是白天那只死蜻蜓，随时想起来都吓人的鬼故事；跟着，胡同口的那个疯子朝我走来了……我害怕了，从将要入睡的迷蒙中完全清醒过来。我想，将来，我也是要死的，也会被人埋在地下，这世界就不再有我了。我也就再不能像现在这样踢球呀，做游戏呀，捉蟋蟀呀，看马戏时吃那种特别酸的红果片呀……而且再也不能过年了，那样地熬夜、拜年、放烟火、攒压岁钱；表哥把点着的鞭炮扔进鸡窝去，吓得鸡像鸟儿一样飞到半空中，乐得我喘不过气来……活着有多少快活的事，死了就完了。那时，表哥呢？妹妹呢？爸爸妈妈呢？他们都会死吗？他们知道吗？怎么也不害怕呀！我们能够不死吗？活着有多好！大家都好好活着，谁也不死。可是，可是不行啊……想到这里，尤其是想到妈妈，我的心简直冷得发抖。

妈妈将来也会死吗？她比我大，会先老、先死的。她就再不能爱我了，不能像现在这样，脸挨着脸，搂我、亲我……她的笑，她的声音，她柔软而暖和的手，她整个人，在将来某一天会一下子永远消失吗？如果那时我有话要告诉她呢？到哪儿去找她？她也得被埋在地下吗？土地坚硬、潮湿、冷冰冰的……我真怕极了。先是伤心、难过、流泪，而后愈想愈心虚害怕，急得蹬起被子来。趁妈妈活着的时光，我要赶紧爱她，听她的话，不惹她生气，只做让大家和妈妈高兴的事。哪怕她骂我，我也要爱她，快爱、多爱；我就要起来跑到她房里，紧紧搂住她……四周黑极了，这一切太怕人了。我要拉开灯，但抓不着灯线，慌乱的手碰到茶几上的药瓶。我便失声哭叫起来："妈妈，妈妈……"

灯忽然亮了。妈妈就站在床前。她莫名其妙地看着我："怎么，做噩梦了？别怕……孩子，别怕。"

她俯身又用前额抵一抵我的头。这回她的前额不凉，反而挺热的。"好了，烧退了。"她宽心而温柔地笑着。

刚才的恐惧感还没离开我。这是怎么回事？我茫然地望着她，有种异样的感觉。一时，我有种冲动，要去拥抱她，但只微微挺起胸脯，脑袋却像灌了铅似的沉重，刚刚离开枕头，又坠倒在床上。

"做什么？你刚好，当心再着凉。"她说着便坐在我床边，紧挨着我，安静地望着我，一直在微笑，并用她暖和的手抚弄我的脸颊和头发。"你刚才是不是做噩梦了？听你喊的声音好大啊！"

"不是……我想了……将来，不，我……"我想把刚才所想的事情告诉妈妈，但不知为什么，竟然无法说出来。是不是担心说出来，她知道后也要害怕的。那是件多么可怕的事啊！

"得了，别说了，疯了一天了，快睡吧！明天病就全好了……"

昏暗的灯光静静地照着床前的药瓶、点心和黄色的梨，照着妈妈无言而含笑的脸。她拉着我的手，我便不由得把她的手握得紧紧的……我再不敢想那些可怕又莫解的事了。但愿世界上根本没有那种事。

栖息在邻院大树上的乌鸦不知因何缘故，含糊不清地嘟囔一阵子，又静了下去。被月光照得微明的窗帘上走过一只猫的影子，渐渐地，一切都静止了，模糊了，淡远了，融化了，变成一团无形的、流动的、软软而迷漫的烟。我不知不觉便睡着了。

一个深奥而难解的谜，从那个夜晚便悄悄留存在我的心里。后来我才知道，这是我最初在思索人生。

谈人生与我

（文 / 朱光潜）

朋友：

我写了许多信，还没有郑重其事地谈到人生问题，这是一则因为这个问题实在谈滥了，一则也因为我看这个问题并不如一般人看得那样重要。在这最后一封信里我所以提出这个滥题来讨论者，并不是要说出什么一番大道理，不过把我自己平时几种对于人生的态度随便拿来做一次谈料。

我有两种看待人生的方法。在第一种方法里，我把我自己摆在前台，和世界一切人和物在一块玩把戏；在第二种方法里，我把我自己摆在后台，袖手看旁人在那儿装腔作势。

站在前台时，我把我自己看得和旁人一样，不但和旁人一样，并且和鸟兽虫鱼诸物类也都一样。人类比其他物类痛苦，就因为人类把自己看得比其他物类重要。人类中有一部分人比其余的人苦痛，就因为这一部分人把自己比其余的人看得重要。

比方穿衣吃饭是多么简单的事，然而在这个世界里居然成为一个极重要的问题，就因为有一部分人要亏人自肥。

再比方生死，这又是多么简单的事，无量数人和无量数物都已生过来死过去了。一个小虫让车轮压死了，或者一朵鲜花让狂风吹落了，在虫和花自己都决不值得计较或留恋，而在人类则生老病死以后偏要加上一个苦字。这无非是因为人们希望造物真宰待他们自己应该比草木虫鱼特别优厚。

因为如此着想，我把自己看作草木虫鱼的侪辈。草木虫鱼在和风甘露中是那样活着，在炎暑寒冬中也还是那样活着。像庄子所说的，它们"诱然皆生，而不知其所以生；同焉皆得，而不知其所以得"。它们时而戾天跃渊，欣欣向荣，时而含葩敛翅，晏然蛰处，都顺着自然所赋予的那一副本性。它们决不计较生活应该是如何，决不追究生活是为着什么，也决不埋怨上天待它们特薄，把它们供人类宰割凌虐。在它们说，生活自身就是方法，生活自身也就是目的。

从草木虫鱼的生活，我学得一个经验。我不在生活以外别求生活方法，不在生活以外别求生活目的。世间少我一个，多我一个，或者我时而幸运，时而受灾祸侵逼，我以为这都无伤天地之和。

你如果问我，人们应该如何生活才好呢？我说，就顺着自然所给的本性生活着，像草木虫鱼一样。

你如果问我，人们生活在这幻变无常的世相中究竟为着什么？我说，生活就是为着生活，别无其他目的。

你如果向我埋怨天公说，人生是多么苦恼呵！我说，人们并非生在这个世界来享幸福的，所以那并不算奇怪。

这并不是一种颓废的人生观。你如果说我的话带有颓废的色彩，我请你在春天到百花齐放的园子里去，看看蝴蝶飞，听听鸟儿鸣，然后再回到十字街头，仔细瞧瞧人们的面孔，你看谁是活泼，谁是颓废？请你在冬天积雪凝寒的时候，看看雪压的松树，看着站在冰上的鸥和游在冰下的鱼，然后再回头看看遇苦便叫的那"万物之灵"，你以为谁比较能耐苦持恒呢？

我拿人比禽兽，有人也许目为异端邪说。其实我如果要援引经典，称道孔孟，以辩护我的见解，也并不是难事。孔子所谓"知命"，孟子所谓"尽性"，庄子所谓"齐物"，宋儒所谓"廓然大公，物来顺应"，和希腊廊下派哲学，我都可以引申成一篇经义文，做我的护身符。然而我觉得这大可不必。我虽不把自己比旁人看得重要，我也不把自己看得比旁人分外低能，如果我的理由是理由，就不用仗先圣先贤的声威。

以上是我站在前台对于人生的态度。但是我平时很欢喜站在后台看人生。许多人把人生看作只有善恶分别的，所以他们的态度不是留恋，就是厌恶。我站在后台时，把人和物也一律看待。我看西施、嫫母、秦桧、岳飞也和我看八哥鹦鹉甘草黄连一样，我看匠人盖屋也和我看鸟鹊营巢蚂蚁打洞一样，我看战争也和我看斗鸡一样，我看恋爱也和我看雄蜻蜓追雌蜻蜓一样。因此，是非善恶对我都无意义，我只觉得对着这些纷纭扰攘的人和物，好比看图画，好比看小说，件件都很有趣味。

这些有趣味的人和物之中自然也有一个分别。有些有趣味，是因为它们带有很浓厚的喜剧成分；有些有趣味，是因为它们带有很深刻的悲剧成分。

我有时看到人生的喜剧。前天遇见一个小外交官，他的上下巴都光光如也，和人说话时却常常用大拇指和食指在腮旁捻一捻，像有胡须似的。他们说这是官气。我看到这种举动比看诙谐画还更有趣味。许多年前一位同事常常很气忿地向人说："如果我是一个女子，我至少已接得一尺厚的求婚书了！"偏偏他不是女子，这已经是喜剧；何况他又麻又丑，纵然他幸而为女子，也决不会有求婚书的麻烦，而他却以此沾沾自喜，这总算得喜剧之喜剧了。这件事和英国文学家高尔司密的一段逸事一样有趣。他有一次陪几个女子在荷兰某一个桥上散步，看见桥上行人个个都注意他同行的女子，而没有一个睬他自己，便板起面孔很气忿地说："哼，在别地方也有人这样看我咧！"如此等类的事，我天天都见得着。在闲静寂寞的时候，我把这一类的小事件从记忆中召回来，寻思玩味，觉得比抽烟饮茶还更有味。老实说，假如这个世界中没有曹雪芹所描写的刘姥姥，没有吴敬梓所描写的严贡生，没有莫里哀所描写的达杜夫和夏白贡，生命更不值得留恋了。我感谢刘姥姥严贡生一流人物，更甚于我感谢钱塘的潮和匡庐的瀑。

其次，人生的悲剧尤其能使我惊心动魄。许多人因为人生多悲剧而悲观厌世，我却以为人生有价值正因其有悲剧。我在几年前作的《无言之美》里曾说明这个道理，现在引一段来：

> 我们所居的世界是最完美的，就因为它是最不完美的。这话表面看去，不通已极，但是实含有至理。

假如世界是完美的，人类所过的生活比好一点是神仙的生活，比坏一点就是猪的生活——便必呆板单调已极。因为倘若件件事都尽美尽善了，自然没有希望发生，更没有努力奋斗的必要。人生最可乐的就是活动所生的感觉，就是奋斗成功而得的快慰。世界既完美，我们如何能尝创造成功的快慰？这个世界之所以美满，就在有缺陷，就在有希望的机会，有想象的田地。换句话说，世界有缺陷，可能性才大。

这个道理李石岑先生在《一般》三卷三号所发表的《缺陷论》里也说得很透辟。悲剧也就是人生一种缺陷。它好比洪涛巨浪，令人在平凡中见出庄严，在黑暗中见出光彩。假如荆轲真正刺中秦始皇，林黛玉真正嫁了贾宝玉，也不过闹个平凡收场，哪得叫千载以后的人唏嘘赞叹？以李太白那样天才，偏要和江淹戏弄笔墨，做了一篇《反恨赋》，和《上韩荆州书》一样庸俗无味。毛声山评《琵琶记》，说他有意要做"补天石"传奇十种，把古今几件悲剧都改个快活收场。他没有实行，总算是一件幸事。人生本来要有悲剧才能算人生，你偏想把它一笔勾销，不说你勾销不去，就是勾销去了，人生反更索然寡趣。所以我无论站在前台或站在后台时，对于失败，对于罪孽，对于殃咎，都是用一副冷眼看待，都是用一个热心惊赞。

你的朋友

孟实

人生冬夏

（文 / 丰子恺）

离开故居一两个月，一旦归来，坐到南窗下的书桌旁时第一感到异样的，是小半书桌的太阳光。原来夏已去，秋正尽，初冬方到。窗外的太阳已随分南倾了。

把椅子靠在窗缘上，背着窗坐了看书，太阳光笼罩了我的上半身。它非但不像一两月前地使我讨厌，反使我觉得暖烘烘地快适。这一切生命之母的太阳似乎正在把一种祛病延年、起死回生的乳汁，通过了他的光线而流注到我的体中来。

我掩卷冥想：我吃惊于自己的感觉，为什么忽然这样变了？前日之所恶变成了今日之所欢；前日之所弃变成了今日之所求；前日之所仇变成了今日之所恩。

张眼望见了弃置在高阁上的扇子，又吃一惊。前日之所欢变成了今日之所恶；前日之所求变成了今日之所弃；前日之所恩变成了今日之所仇。

忽又自笑："夏日可畏，冬日可爱"，以及"团扇弃捐"，乃古之名言，夫人皆知，又何足吃惊？于是我的理智屈服了。但是我的感觉仍不屈服，觉得当此炎凉递变的交代期上，自有一种异样的感觉，足以使我吃惊。这仿佛是太阳已经落山而天还没有全黑的傍晚时光：我们还可以感到昼，同时已可以感到夜。又好比一脚已跨上船而一脚尚在岸上的登舟时光：我们还可以感到陆，同时已可以感到水。

我们在夜里固皆知道有昼，在船上固皆知道有陆，但只是"知道"而已，不是"实感"。我久被初冬的日光笼罩在南窗下，身上发出汗来，渐渐润湿了衬衣。当此之时，浴日的"实感"与挥扇的"实感"在我身中混成一气，这不是可吃惊的经验么？

于是我索性抛书，躺在墙角的藤椅里，用了这种混成的实感而环视室中，觉得有许多东西大变了相。有的东西变好了：像这个房间，在夏天常嫌其太小，洞开了一切窗门，还不够，几乎想拆去墙壁才好。但现在忽然大起来，大得很！不久将要用屏帏把它隔小来了。又如案上这把热水壶，以前曾被茶缸驱逐到碗橱的角里，现在又像纪念碑似的耸立在眼前了。棉被从前在伏日里晒的时候，大家讨嫌它既笨且厚，现在铺在床里，忽然使人悦目，样子也薄起来了。沙发椅子曾经想卖掉，现在幸而没有人买去。从前曾经想替黑猫脱下皮袍子，现在却羡慕它了。

反之，有的东西变坏了：像风，从前人遇到了它都称"快哉！"欢迎它进来。现在渐渐拒绝它，不久要像防贼一样严防它入室了。又如竹榻，以前曾为众人所宝，极一时之荣。现在已无人问津，形容枯槁，毫无生气了。壁上一张汽水广告画，角上画着一大瓶汽水，和一只泛溢着白泡沫的玻璃杯，下面画着海水浴图。

以前望见汽水图口角生津，看了海水浴图恨不得自己做了画中人，现在这幅画几乎使人打寒噤了。裸体的洋囡囡跌坐在窗口的小书架上，以前觉得它太写意，现在看它可怜起来。希腊古代名雕的石膏模型维纳斯（Venus）立像，把裙子褪在大腿边，高高地独立在凌空的花盆架上。我在夏天看见她的脸孔是带笑的，这几天望去忽觉其容有戚，好像在悲叹她自己失却了两只手臂，无法拉起裙子来御寒。

其实，物何尝变相？是我自己的感觉变叛了。感觉何以能变叛？是自然教它的。自然的命令何其严重：夏天不由你不爱风，冬天不由你不爱日。自然的命令又何其滑稽：在夏天定要你赞颂冬天所诅咒的，在冬天定要你诅咒夏天所赞颂的！

人生也有冬夏。童年如夏，成年如冬；或少壮如夏，老大如冬。在人生的冬夏，自然也常教人的感觉变叛，其命令也有这般严重，又这般滑稽。

第二章　情与爱

比如海水多受一次潮涨海滩便多受一次泛滥，我们全体的生命的沙滩里，我想，也存记着最微小的波动与影响……

我的母亲[1]

（文 / 老舍）

母亲的娘家是北平德胜门外，土城儿外边，通大钟寺的大路上的一个小村里。村里一共有四五家人家，都姓马。大家都种点不十分肥美的地，但是与我同辈的兄弟们，也有当兵的，作木匠的，作泥水匠的和当巡察的。他们虽然是农家，却养不起牛马，人手不够的时候，妇女便也须下地作活。

对于姥姥家，我只知道上述的一点。外公外婆是什么样子，我就不知道了，因为他们早已去世。至于更远的族系与家史，就更不晓得了；穷人只能顾眼前的衣食，没有功夫谈论什么过去的光荣；"家谱"这字眼，我在幼年就根本没有听说过。

母亲生在农家，所以勤俭诚实，身体也好。这一点事实却极重要，因为假若我没有这样的一位母亲，我以为我恐怕也就要大大的打个折扣了。

1　原载1943年1月13、15日《时事新报·青光》。

母亲出嫁大概是很早，因为我的大姐现在已是六十多岁的老太婆，而我的大外甥女还长我一岁啊。我有三个哥哥，四个姐姐，但能长大成人的，只有大姐，二姐，三姐，三哥与我。我是"老"儿子。生我的时候，母亲已有四十一岁，大姐二姐已都出了阁。

　　由大姐与二姐所嫁入的家庭来推断，在我生下之前，我的家里，大概还马马虎虎的过得去。那时候定婚讲究门当户对，而大姐丈是作小官的，二姐丈也开过一间酒馆，他们都是相当体面的人。

　　可是，我，我给家庭带来了不幸：我生下来，母亲晕过去半夜，才睁眼看见她的老儿子——感谢大姐，把我揣在怀中，致未冻死。

　　一岁半，我把父亲"克"死了。

　　兄不到十岁，三姐十二三岁，我才一岁半，全仗母亲独力抚养了。父亲的寡姐跟我们一块儿住，她吸鸦片，她喜摸纸牌，她的脾气极坏。为我们的衣食，母亲要给人家洗衣服，缝补或裁缝衣裳。在我的记忆中，她的手终年是鲜红微肿的。白天，她洗衣服，洗一两大绿瓦盆。她做事永远丝毫也不敷衍，就是屠户们送来的黑如铁的布袜，她也给洗得雪白。晚间，她与三姐抱着一盏油灯，还要缝补衣服，一直到半夜。她终年没有休息，可是在忙碌中她还把院子屋中收拾得清清爽爽。桌椅都是旧的，柜门的铜活久已残缺不全，可是她的手老使破桌面上没有尘土，残破的铜活发着光。院中，父亲遗留下的几盆石榴与夹竹桃，永远会得到应有的浇灌与爱护，年年夏天开许多花。

哥哥似乎没有同我玩耍过。有时候，他去读书；有时候，他去学徒；有时候，他也去卖花生或樱桃之类的小东西。母亲含着泪把他送走，不到两天，又含着泪接他回来。我不明白这都是什么事，而只觉得与他很生疏。与母亲相依为命的是我与三姐。因此，她们做事，我老在后面跟着。她们浇花，我也张罗着取水；她们扫地，我就撮土……从这里，我学得了爱花，爱清洁，守秩序。这些习惯至今还被我保存着。

有客人来，无论手中怎么窘，母亲也要设法弄一点东西去款待。舅父与表哥们往往是自己掏钱买酒肉食，这使她脸上羞得飞红，可是殷勤的给他们温酒作面，又给她一些喜悦。遇上亲友家中有喜丧事，母亲必把大褂洗得干干净净，亲自去贺吊——份礼也许只是两吊小钱。到如今如我的好客的习性，还未全改，尽管生活是这么清苦，因为自幼儿看惯了的事情是不易改掉的。

姑母常闹脾气。她单在鸡蛋里找骨头。她是我家中的阎王。直到我入了中学，她才死去，我可是没有看见母亲反抗过。"没受过婆婆的气，还不受大姑子的吗？命当如此！"母亲在非解释一下不足以平服别人的时候，才这样说。是的，命当如此。母亲活到老，穷到老，辛苦到老，全是命当如此。她最会吃亏。给亲友邻居帮忙，她总跑在前面：她会给婴儿洗三——穷朋友们可以因此少花一笔"请姥姥"钱——她会刮痧，她会给孩子们剃头，她会给少妇们绞脸……凡是她能做的，都有求必应。但是吵嘴打架，永远没有她。她宁吃亏，不逗气。当姑母死去的时候，母亲似乎把一世的委屈都哭了出来，一直哭到坟地。不知道哪里来的一位侄子，声称有承继权，母亲便一声不响，教他搬走那些破桌子烂板凳，而且把姑母养的一只肥母鸡也送给他。

可是，母亲并不软弱。父亲死在庚子闹"拳"的那一年。联军入城，挨家搜索财物鸡鸭，我们被搜两次。母亲拉着哥哥与三姐坐在墙根，等着"鬼子"进门，街门是开着的。"鬼子"进门，一刺刀先把老黄狗刺死，而后入室搜索。他们走后，母亲把破衣箱搬起，才发现了我。假若箱子不空，我早就被压死了。皇上跑了，丈夫死了，鬼子来了，满城是血光火焰，可是母亲不怕，她要在刺刀下，饥荒中，保护着儿女。北平有多少变乱啊，有时候兵变了，街市整条的烧起，火团落在我们院中。有时候内战了，城门紧闭，铺店关门，昼夜响着枪炮。这惊恐，这紧张，再加上一家饮食的筹划，儿女安全的顾虑，岂是一个软弱的老寡妇所能受得起的？可是，在这种时候，母亲的心横起来，她不慌不哭，要从无办法中想出办法来。她的泪会往心中落！这点软而硬的个性，也传给了我。我对一切人与事，都取和平的态度，把吃亏看作当然的。但是，在做人上，我有一定的宗旨与基本的法则，什么事都可将就，而不能超过自己划好的界限。我怕见生人，怕办杂事，怕出头露面；但是到了非我去不可的时候，我便不得不去，正像我的母亲。从私塾到小学，到中学，我经历过起码有廿位教师吧，其中有给我很大影响的，也有毫无影响的，但是我的真正的教师，把性格传给我的，是我的母亲。母亲并不识字，她给我的是生命的教育。

当我在小学毕了业的时候，亲友一致的愿意我去学手艺，好帮助母亲。我晓得我应当去找饭吃，以减轻母亲的勤劳困苦。可是，我也愿意升学。我偷偷的考入了师范学校——制服，饭食，书籍，宿处，都由学校供给。只有这样，我才敢对母亲提升学的话。入学，要交十元的保证金。这是一笔巨款！母亲做了半个月的难，把这巨款筹到，而后含泪把我送出门去。她不辞劳苦，只要儿子有出息。当我由师范毕业，而被派为小学校校长，母亲与我都一夜不曾合眼。我只说了句："以后，您可以歇一歇了！"她的回答只有一串串的眼泪。我入学之后，三姐结了婚。

母亲对儿女是都一样疼爱的，但是假若她也有点偏爱的话，她应当偏爱三姐，因为自父亲死后，家中一切的事情都是母亲和三姐共同撑持的。三姐是母亲的右手。但是母亲知道这右手必须割去，她不能为自己的便利而耽误了女儿的青春。当花轿来到我们的破门外的时候，母亲的手就和冰一样的凉，脸上没有血色——那是阴历四月，天气很暖。大家都怕她晕过去。可是，她挣扎着，咬着嘴唇，手扶着门框，看花轿徐徐的走去。不久，姑母死了。三姐已出嫁，哥哥不在家，我又住学校，家中只剩母亲自己。她还须自晓至晚的操作，可是终日没人和她说一句话。新年到了，正赶上政府倡用阳历，不许过旧年。除夕，我请了两小时的假。由拥挤不堪的街市回到清炉冷灶的家中。母亲笑了。及至听说我还须回校，她愣住了。半天，她才叹出一口气来。到我该走的时候，她递给我一些花生，"去吧，小子！"街上是那么热闹，我却什么也没看见，泪遮迷了我的眼。今天，泪又遮住了我的眼，又想起当日孤独的过那凄惨的除夕的慈母。可是慈母不会再候盼着我了，她已入了土！

儿女的生命是不依顺着父母所设下的轨道一直前进的，所以老人总免不了伤心。我廿三岁，母亲要我结了婚，我不要。我请来三姐给我说情，老母含泪点了头。我爱母亲，但是我给了她最大的打击。时代使我成为逆子。廿七岁，我上了英国。为了自己，我给六十多岁的老母以第二次打击。在她七十大寿的那一天，我还远在异域。那天，据姐姐们后来告诉我，老太太只喝了两口酒，很早的便睡下。她想念她的幼子，而不便说出来。

七七抗战后，我由济南逃出来。北平又象庚子那年似的被鬼子占据了，可是母亲日夜惦念的幼子却跑西南来。母亲怎样想念我，我可以想象得到，可是我不能回去。每逢接到家信，我总不敢马上拆看，我怕，怕，怕，怕有那不祥的消息。人，即使活到八九十岁，有母亲便可以多少还有点孩子气。失了慈母便像花插在瓶子里，虽然还有色有香，却失去了根。有母亲的人，心里是安定的。我怕，怕，怕家信中带来不好的消息，告诉我已是失了根的花草。

去年一年，我在家信中找不到关于老母的起居情况。我疑虑，害怕。我想像得到，如有不幸，家中念我流亡孤苦，或不忍相告。母亲的生日是在九月，我在八月半写去祝寿的信，算计着会在寿日之前到达。信中嘱咐千万把寿日的详情写来，使我不再疑虑。十二月二十六日，由文化劳军的大会上回来，我接到家信。我不敢拆读。就寝前，我拆开信，母亲已去世一年了！

生命是母亲给我的。我之能长大成人，是母亲的血汗灌养的。我之所以能成为一个不十分坏的人，是母亲感化的。我的性格，习惯，是母亲传给的。她一世未曾享过一天福，临死还吃的是粗粮。唉！还说什么呢？心痛！心痛！

多年父子成兄弟[1]

这是我父亲的一句名言。

父亲是个绝顶聪明的人。他是画家，会刻图章，画写意花卉。图章初宗浙派，中年后治汉印。他会摆弄各种乐器，弹琵琶，拉胡琴，笙箫管笛，无一不通。他认为乐器中最难的其实是胡琴，看起来简单，只有两根弦，但是变化很多，两手都要有功夫。他拉的是老派胡琴，弓子硬，松香滴得很厚——现在拉胡琴的松香都只滴了薄薄的一层，他的胡琴音色刚亮。胡琴码子都是他自己刻的，他认为买来的不中使。他养蟋蟀养金铃子，他养过花，他养的一盆素心兰在我母亲病故那年死了，从此他就不再养花。我母亲死后，他亲手给她做了几箱子冥衣——我们那里有烧冥衣的风俗。按照母亲生前的喜好，选购了各种花素色纸作衣料，单夹皮棉，四时不缺。他做的皮衣能分得出小麦穗、羊羔、灰鼠、狐肷。

1　原载1991年第2期《收获》。

父亲是个很随和的人，我很少见他发过脾气，对待子女，从无疾言厉色。他爱孩子，喜欢孩子，爱跟孩子玩，带着孩子玩。我的姑妈称他为"孩子头"。春天，不到清明，他领一群孩子到麦田里放风筝。放的是他自己糊的蜈蚣（我们那里叫"百脚"），是用染了色的绢糊的。放风筝的线是胡琴的老弦。老弦结实而轻，这样风筝可笔直地飞上去，没有"肚儿"。用胡琴弦放风筝，我还未见过第二人。清明节前，小麦还没有"起身"，是不怕践踏的，而且越踏会越长得旺。孩子们在屋里闷了一冬天，在春天的田野里奔跑跳跃，身心都极其畅快。他用钻石刀把玻璃裁成不同形状的小块，再一块一块斗拢，接缝处用胶水粘牢，做成小桥、小亭子、八角玲珑水晶球。桥、亭、球是中空的，里面养了金铃子。从外面可以看到金铃子在里面自在爬行，振翅鸣叫。他会做各种灯。用浅绿透明的"鱼鳞纸"扎了一只纺织娘，栩栩如生。用西洋红染了色，上深下浅，通草做花瓣，做了一个重瓣荷花灯，真是美极了。用小西瓜（这是拉秧的小瓜，因其小，不中吃，叫做"打瓜"或"笃瓜"）上开小口挖净瓜瓤，在瓜皮上雕镂出极细的花纹，做成西瓜灯。我们在这些灯里点了蜡烛，穿街过巷，邻居的孩子都跟过来看，非常羡慕。

父亲对我的学业是关心的，但不强求。我小时候，国文成绩一直是全班第一。我的作文，时得佳评，他就拿出去到处给人看。我的数学不好，他也不责怪，只要能及格，就行了。他画画，我小时也喜欢画画，但他从不指点我。他画画时，我在旁边看，其余时间由我自己乱翻画谱，瞎抹。我对写意花卉那时还不太会欣赏，只是画一些鲜艳的大桃子，或者我从来没有见过的瀑布。我小时字写得不错，他倒是给我出过一点主意。在我写过一阵《圭峰碑》和《多宝塔》以后，他建议我写写《张猛龙》。这建议是很好的，到现在我写的字还有《张猛龙》的影响。我初中时爱唱戏，唱青衣，我的嗓子很好，高亮甜润。在家里，他拉胡琴，我唱。我的同学有几个能唱戏的。学校开园乐会，他应我的邀请，到学校去伴奏。几个同学都只是清唱，有一个姓费的同学借到一顶纱帽，一件蓝官衣，扮起来唱《硃砂井》，但是没有配角，没有衙役，没有犯人，只是一个赵廉，摇着马鞭在台上走了两圈，唱了一段"郿坞县在马上心神不定"便完事下场。父亲那么大的人陪着几个孩子玩了一下午，还挺高兴。我十七岁初恋，暑假里，在家写情书，他在一旁瞎出主意。我十几岁就学会了抽烟喝酒。他喝酒，给我也倒一杯。抽烟，一次抽出两根，他一根我一根。他还总是先给我点上火。我们的这种关系，他人或以为怪。父亲说："我们是多年父子成兄弟。"

我和儿子的关系也是不错的。我戴了"右派分子"的帽子下放张家口农村劳动，他那时还从幼儿园刚毕业，刚刚学会汉语拼音，用汉语拼音给我写了第一封信。我也只好赶紧学会汉语拼音，好给他写回信。"文化大革命"期间，我被打成"黑帮"，送进"牛棚"。偶尔回家，孩子们对我还是很亲热。我的老伴告诫他们："你们要和爸爸'划清界限'。"儿子反问母亲："那你怎么还给他打酒？"

只有一件事，两代之间，曾有分歧。他下放山西忻县"插队落户"，按规定，春节可以回京探亲。我们等着他回来。不料他同时带回了一个同学。这个同学在北京已经没有家。按照大队的规定是不能回北京的，但是孩子很想回北京，在一伙同学的秘密帮助下，我的儿子就偷偷地把他带回来了。他连"临时户口"也不能上，是个"黑人"，我们留他在家住，等于"窝藏"了他。公安局随时可以来查户口，街道办事处的大妈也可能举报。当时人人自危，自顾不暇，儿子惹了这么一个麻烦，使我们非常为难。我和老伴把他叫到我们的卧室，对他的冒失行为表示不满，我责备他："怎么事前也不和我们商量一下！"我的儿子哭了，哭得很委屈，很伤心。我们当时立刻明白了：他是对的，我们是错的。我们这种怕担干系的思想是庸俗的。我们对儿子和同学之间的义气缺乏理解，对他的感情不够尊重。他的同学在我们家一直住了四十多天，才离去。

对儿子的几次恋爱，我采取的态度是"闻而不问"。了解，但不干涉。我们相信他自己的选择、他的决定。最后，他悄悄和一个小学时期女同学好上了，结了婚。有了一个女儿，已近七岁。

我的孩子有时叫我"爸"，有时叫我"老头子"，连我的孙女也跟着叫。我的亲家母说这孩子"没大没小"。我觉得一个现代化的、充满人情味的家庭，首先必须做到"没大没小"。父母叫人敬畏，儿女"笔管条直"最没有意思。

儿女是属于他们自己的。他们的现在，和他们的未来，都应由他们自己来设计。一个想用自己理想的模式塑造自己的孩子的父亲是愚蠢的，而且，可恶！另外作为一个父亲，应该尽量保持一点童心。

1990年9月1日

合欢树

（文 / 史铁生）

十岁那年，我在一次作文比赛中得了第一。母亲那时候还年轻，急着跟我说她自己，说她小时候的作文作得还要好，老师甚至不相信那么好的文章会是她写的。"老师找到家来问，是不是家里的大人帮了忙。我那时可能还不到十岁呢。"我听得扫兴，故意笑："可能？什么叫可能还不到？"她就解释。我装作根本不再注意她的话，对着墙打乒乓球，把她气得够呛。不过我承认她聪明，承认她是世界上长得最好看的女的。她正给自己做一条蓝底白花的裙子。

二十岁，我的两条腿残废了。除去给人家画彩蛋，我想我还应该再干点别的事，先后改变了几次主意，最后想学写作。母亲那时已不年轻，为了我的腿，她头上开始有了白发。医院已经明确表示，我的病情目前没办法治。母亲的全副心思却还放在给我治病上，到处找大夫，打听偏方，花很多钱。她倒总能找来些稀奇古怪的药，让我吃，让我喝，或者是洗、敷、熏、灸。"别浪费时间啦！根本没用！"我说，我一心只想着写小说，仿佛那东西能把残废人救出困境。"再试一回，不试你怎么知道会没用？"她说，每一回都虔诚地抱着希望。然而对我的腿，有多少回希望就有多少回失望，最后一回，我的胯上被熏成烫伤。医院的大夫说，这实在太悬了，对于瘫痪病人。这差不多是要命的事。我倒没太害怕，心想死了也好，死了倒痛快。母亲惊惶了几个月，昼夜守着我，一换药就说："怎么会烫了呢？我还直留神呀！"幸亏伤口好起来，不然她非疯了不可。

后来她发现我在写小说。她跟我说："那就好好写吧。"我听出来，她对治好我的腿也终于绝望。"我年轻的时候也最喜欢文学，"她说。"跟你现在差不多大的时候，我也想过搞写作，"她说。"你小时候的作文不是得过第一？"她提醒我说。我们俩都尽力把我的腿忘掉。她到处去给我借书，顶着雨或冒了雪推我去看电影，像过去给我找大夫，打听偏方那样，抱了希望。

三十岁时，我的第一篇小说发表了。母亲却已不在人世，过了几年，我的另一篇小说又侥幸获奖，母亲已经离开我整整七年。

获奖之后，登门采访的记者就多，大家都好心好意，认为我不容易。但是我只准备了一套话，说来说去就觉得心烦。我摇着车躲出去，坐在小公园安静的树林里，想：上帝为什么早早地召母亲回去呢？迷迷糊糊的，我听见回答："她心里太苦了。上帝看她受不住了，就召她回去。"我的心得到一点安慰，睁开眼睛，看见风在树林里吹过。

我摇车离开那儿，在街上瞎逛，不想回家。

母亲去世后，我们搬了家。我很少再到母亲住过的那个小院儿去。小院儿在一个大院儿的尽里头，我偶尔摇车到大院儿去坐坐，但不愿意去那儿小院儿，推说手摇车进去不方便。院儿里的老太太们还都把我当儿孙看，尤其想到我又没了母亲，但都不说，光扯些闲话，怪我不常去。我坐在院子当中，喝东家的茶，吃西家的瓜。有一年，人们终于又提到母亲："到小院儿去看看吧，你妈种的那棵合欢树今年开花了！"我心里一阵抖，还是推说手摇车进出太不易。大伙就不再说，忙扯些别的，说起我们原来住的房子里现在住了小两口，女的刚生了个儿子，孩子不哭不闹，光是瞪着眼睛看窗户上的树影儿。

我没料到那棵树还活着。那年，母亲到劳动局去给我找工作，回来时在路边挖了一棵刚出土的"含羞草"，以为是含羞草，种在花盆里长，竟是一棵合欢树。母亲从来喜欢那些东西，但当时心思全在别处。第二年合欢树没有发芽，母亲叹息了一回，还不舍得扔掉，依然让它长在瓦盆里。第三年，合欢树却又长出叶子，而且茂盛了。母亲高兴了很多天，以为那是个好兆头，常去侍弄它，不敢再大意。又过一年，她把合欢树移出盆，栽在窗前的地上，有时念叨，不知道这种树几年才开花。再过一年，我们搬了家。悲痛弄得我们都把那棵小树忘记了。

与其在街上瞎逛，我想，不如就去看看那棵树吧。我也想再看着母亲住过的那间房。我老记着，那儿还有个刚来到世上的孩子，不哭不闹，瞪着眼睛看树影儿。是那棵合欢树的影子吗？小院儿里只有那棵树。

院儿里的老太太们还是那么欢迎我，东屋倒茶，西屋点烟，送到我跟前。大伙都不知道我获奖的事，也许知道，但不觉得那很重要；还是都问我的腿，问我是否有了正式工作。这回，想摇车进小院儿真是不能了，家家门前的小厨房都扩大，过道窄到一个人推自行车进出也要侧身。我问起那棵合欢树。大伙说，年年都开花，长到房高了。这么说，我再看不见它了。我要是求人背我去看，倒也不是不行。我挺后悔前两年没有自己摇车进去看看。

我摇着车在街上慢慢走，不急着回家。人有时候只想独自静静地呆一会。悲伤也成享受。

有一天那个孩子长大了，会想到童年的事，会想起那些晃动的树影儿，会想起他自己的妈妈，他会跑去看看那棵树。但他不会知道那棵树是谁种的，是怎么种的。

父子应是忘年交

儿子考上大学时，闲话中提到费用。他忽然说："从上初中开始，我一直用自己的钱缴的学费。"我和妻子都吃一惊。我们活得又忙碌又糊涂，没想到这种事。

我问他："你哪来的钱？"

"平时的零花钱，还有以前过年时的压岁钱，攒的。"

"你为什么要用自己的钱呢？"我犹然不解。

他不语。事后妻子告诉我，他说："我要像爸爸那样，[凡事]都靠自己。"于是，我对他肃然起敬，并感到他一下子[长大]了。那个整天和我踢球、较量、打闹并被我爱抚地捉弄[的]男孩儿已然倏忽远去。人长大，不是身体的放大，不是唇上出现的软髭和颈下凸起的喉结，而是一种成熟，一种独立人格的出现。但究竟他是怎样不声不响、不落痕迹的渐渐成长，忽然一天这样的叫我惊讶，叫我陌生？是不是我的眼睛太多关注于人生的季节和社会的时令，关注那每一朵嫩苞一节枯枝一块阴影和一片容光，关注笔尖下每一个细节的真实和每一个词语的准确，因而忽略了日日跟在身边却早已悄悄发生变化的儿子？

我把这感觉告诉给朋友，朋友们全都笑了，原来在所有的父亲心目里，儿子永远是夹生的。

对于天下的男人们，做父亲的经历各不一样，做父亲的感觉却大致相同。这感觉一半来自天性，一半来自传统。

1976年大地震那夜，我睡地铺。"地动山摇"的一瞬，我本能地一跃而起，扑向儿子的小床，把他紧紧拥在怀里，任凭双腿全被乱砖乱瓦砸伤。事后我逢人便说自己如何英勇地捍卫了儿子，那份得意，那份神气，那份英雄感，其实是一种自享——享受一种做父亲尽天职的快乐。父亲，天经地义是家庭和子女的保护神。天职就是天性。

至于来自传统的做父亲的感觉，便是长者的尊严，教导者的身份，居高临下的视角与姿态……每一代人都从长辈那里感受这种父亲的专利，一旦他自己做了父亲就将这种专利原原本本继承下来。

这是一种"传统感觉"，也是一种"父亲文化"。

我们就是在这一半天性一半传统中，美滋滋又糊里糊涂做着父亲。自以为对儿子了如指掌，一切一切，尽收眼底，可是等到儿子一旦长大成人，才惊奇地发现自己竟然对他一无所知。最熟悉的变为最陌生，最近的站到了最远，对话忽然中断，交流出现阻隔。弄不好还可能会失去他。

人们把这弄不明白的事情推给"代沟"这个字眼儿，却不清楚每个父亲都会面临重新与儿子相处的问题。

我想起，我的儿子自小就不把同学领到狭小的家里来玩，怕打扰我写作。我为什么不把这看作是他对我工作的一种理解与尊重？他也没有翻动过我桌上的任何一片写字的纸，我为什么没有看到文学在他心里也同样的神圣？我由此还想起，照看过他的一位老妇人说，他从来没有拉过别人的抽屉，对别人的东西产生过好奇与艳羡……当我把这些不曾留意的许多细节，与他中学时就自己缴学费的事情串连一起，我便开始一点点向他走近。

他早就有一个自己的世界，里边有很多发光的事物。直到今天我才探进头来。

被理解是一种幸福，理解人也是一种幸福。

当我看到了他独立的世界和独立的人格，也就有了与他相处的方式。对于一个走向成年的孩子，千万不要再把他当作孩子，而要把他当作一个独立的男人。

我开始尽量不向他讲道理，哪怕这道理千真万确，我只是把这道理作为一种体会表达出来而已。他呢，也只是在我希望他介入我的事情时，他才介入进来。我们对彼此的世界，不打扰，不闯入，不指手画脚，这才是男人间的做法。我深知他不喜欢用语言张扬情感，崇尚行动本身；他习惯于克制激动，同时把这激动用隐藏的方式保留起来。

　　我们的性格刚好相反，我却学会用他这种心领神会的方式与他交流。比方我在书店买书时，常常会挑选几本他喜欢的书，回家后便不吭声地往他桌上一放。他也是这样为我做事。他不喜欢添油加醋地渲染，而把父子之情看得天地一样的必然。如果这需要印证，就去看一看他的眼睛——儿子望着父亲的目光，总是一种彻底的忠诚。

　　所以，我给他翻译的埃里克·奈特那本著名的小说《好狗莱希》写的序文，故意用了这样一个题目：忠诚的价值胜过金子。

　　儿子，在孩提时代是一种含意。但长大成人后就变了，除去血缘上的父子关系之外，又是朋友，是一个忘年交。而只有真正成为这种互为知己的忘年交，我们才获得完满的做父子的幸福，才拥有了实实在在又温馨完美的人生。

一九九六年六月天津

给亡妇[1]

（文／朱自清）

谦，日子真快，一眨眼你已经死了三个年头了。这三年里世事不知变化了多少回，但你未必注意这些个，我知道。你第一惦记的是你几个孩子，第二便轮着我。孩子和我平分你的世界，你在日如此；你死后若还有知，想来还如此的。告诉你，我夏天回家来着：迈儿长得结实极了，比我高一个头。闰儿父亲说是最乖，可是没有先前胖了。采芷和转子都好。五儿全家夸她长得好看；却在腿上生了湿疮，整天坐在竹床上不能下来，看了怪可怜的。六儿，我怎么说好，你明白，你临终时也和母亲谈过，这孩子是只可以养着玩儿的，他左挨右挨去年春天，到底没有挨过去。这孩子生了几个月，你的肺病就重起来了。我劝你少亲近他，只监督着老妈子照管就行。你总是忍不住，一会儿提，一会儿抱的。可是你病中为他操的那一份儿心也够瞧的。那一个夏天他病的时候多，

1　原载1933年1月1日《东方杂志》第30卷第1号。

你成天儿忙着，汤呀，药呀，冷呀，暖呀，连觉也没有好好儿睡过。那里有一分一毫想着你自己。瞧着他硬朗点儿你就乐，干枯的笑容在黄蜡般的脸上，我只有暗中叹气而已。

从来想不到做母亲的要像你这样。从迈儿起，你总是自己喂乳，一连四个都这样。你起初不知道按钟点儿喂，后来知道了，却又弄不惯；孩子们每夜里几次将你哭醒了，特别是闷热的夏季。我瞧你的觉老没睡足。白天里还得做菜，照料孩子，很少得空儿。你的身子本来坏，四个孩子就累你七八年。到了第五个，你自己实在不成了，又没乳，只好自己喂奶粉，另雇老妈子专管她。但孩子跟老妈子睡，你就没有放过心；夜里一听见哭，就竖起耳朵听，工夫一大就得过去看。十六年初，和你到北京来，将迈儿，转子留在家里；三年多还不能去接他们，可真把你惦记苦了。你并不常提，我却明白。你后来说你的病就是惦记出来的；那个自然也有份儿，不过大半还是养育孩子累的。你的短短的十二年结婚生活，有十一年耗费在孩子们身上；而你一点不厌倦，有多少力量用多少，一直到自己毁灭为止。你对孩子一般儿爱，不问男的女的，大的小的。也不想到甚么"养儿防老，积谷防饥"，只拼命的爱去。你对于教育老实说有些外行，孩子们只要吃得好玩得好就成了。这也难怪你，你自己便是这样长大的。况且孩子们原都还小，吃和玩本来也要紧的。你病重的时候最放不下的还是孩子。病的只剩皮包着骨头了，总不信自己不会好；老说："我死了，这一大群孩子可苦了。"后来说送你回家，你想着可以看见迈儿和转子，也愿意；你万不想到会一走不返的。我送车的时候，你忍不住哭了，说："还不知能不能再见？"可怜，你的心我知道，你满想着好好儿带着六个孩子回来见我的。谦，你那时一定这样想，一定的。

除了孩子，你心里只有我。不错，那时你父亲还在；可是你母亲死了，他另有个女人，你老早就觉得隔了一层似的。出嫁后第一年你虽还一心一意依恋着他老人家，到第二年上我和孩子可就将你的心占住，你再没有多少工夫惦记他了。你还记得第一年我在北京，你在家里。家里来信说你待不住，常回娘家去。我动气了，马上写信责备你。你教人写了一封复信，说家里有事，不能不回去。这是你第一次也可以说第末次的抗议，我从此就没给你写信。暑假时带了一肚子主意回去，但见了面，看你一脸笑，也就拉倒了。打这时候起，你渐渐从你父亲的怀里跑到我这儿。你换了金镯子帮助我的学费，叫我以后还你；但直到你死，我没有还你。你在我家受了许多气，又因为我家的缘故受你家里的气，你都忍着。这全为的是我，我知道。那回我从家乡一个中学半途辞职出走。家里人讽你也走。那里走！只得硬着头皮往你家去。那时你家像个冰窖子，你们在窖里足足住了三个月。好容易我才将你们领出来了，一同上外省去。小家庭这样组织起来了。你虽不是甚么阔小姐，可也是自小娇生惯养的，做起主妇来，甚么都得干一两手；你居然做下去了，而且高高兴兴的做下去了。菜照例满是你做，可是吃的都是我们；你至多夹上两三筷子就算了。你的菜做得不坏，有一位老在行大大的夸奖过你。你洗衣服也不错，夏天我的绸大褂大概总是你亲自动手。你在家老不乐意闲着；坐前几个"月子"，老是四五天就起床，说是躺着家里事没条没理的。其实你起来也还不是没条理；咱们家那么多孩子，那儿来条理？在浙江住的时候，逃过两回兵难，我都在北平。真亏你领着母亲和一群孩子东藏西躲的；末一回还要走多少里路，翻一道大岭。这两回差不多只靠你一个人。你不但带了母亲和孩子们，还带了我一箱箱的书；你知道我是最爱书的。在短短的十二年里，你操的心比人家一辈子还多；谦，你那样身子怎么经得住！你将我的责任一股脑儿担负了去，压死了你；我如何对得起你！

你为我的劳什子书也费了不少神；第一回让你父亲的男佣人从家乡捎到上海去。他说了几句闲话，你气得在你父亲面前哭了。第二回是带着逃难，别人都说你傻子。你有你的想头："没有书怎么教书？况且他又爱这个玩意儿。"其实你没有晓得，那些书丢了也并不可惜；不过教你怎么晓得，我平常从来没和你谈过这些个！总而言之，你的心是可感谢的。这十二年里你为我吃的苦真不少，可是没有过几天好日子。我们在一起住，算来也还不到五个年头。无论日子怎么坏，无论是离是合，你从来没对我发过脾气，连一句怨言也没有。——别说怨我，就是怨命也没有过。老实说，我的脾气可不大好，迁怒的事儿有的是。那些时候你往往抽噎着流眼泪，从不回嘴，也不号啕。不过我也只信得过你一个人，有些话我只和你一个人说，因为世界上只你一个人真关心我，真同情我。你不但为我吃苦，更为我分苦；我之有我现在的精神，大半是你给我培养着的。这些年来我很少生病。但我最不耐烦生病，生了病就呻吟不绝，闹那伺候病的人。你是领教过一回的，那回只一两点钟，可是也够麻烦了。你常生病，却总不开口，挣扎着起来；一来怕搅我，二来怕没人做你那份儿事。我有一个坏脾气，怕听人生病，也是真的。后来你天天发烧，自己还以为南方带来的疟疾，一直瞒着我。明明躺着，听见我的脚步，一骨碌就坐起来。我渐渐有些奇怪，让大夫一瞧，这可糟了，你的一个肺已烂了一个大窟窿了！大夫劝你到西山去静养，你丢不下孩子，又舍不得钱；劝你在家里躺着，你也丢不下那份儿家务。越看越不行了，这才送你回去。明知凶多吉少，想不到只一个月工夫你就完了！本来盼望还见得着你，这一来可拉倒了。你也何尝想到这个？父亲告诉我，你回家独住着一所小住宅，还嫌没有客厅，怕我回去不便哪。

前年夏天回家，上你坟上去了。你睡在祖父母的下首，想来还不孤单的。只是当年祖父母的坟太小了，你正睡在圹底下。这叫做"抗圹"，在生人看来是不安心的；等着想办法哪。那时圹上圹下密密的长着青草，朝露浸湿了我的布鞋。你刚埋了半年多，只有圹下多出一块土，别的全然看不出新坟的样子。我和隐今夏回去，本想到你的坟上来；因为她病了没来成。我们想告诉你，五个孩子都好，我们一定尽心教养他们，让他们对得起死了的母亲——你！谦，好好儿放心安睡吧，你。

1932年10月11日作。

隔壁王妈妈死了

（文／张恨水）

这真是我的不幸，自从搬到宣武门内以来，总共有六个月。六个月之内，胡同左右前后，差不多死了十五六个人。平均算，每个月里，要死两个又几分之几吧？读者说，慢来慢来，这不关你的事呀。从前有个秀才不剃头，有人问他什么道理，秀才说：隔壁王妈妈死了。那人说：隔壁王妈妈死了，和你什么相干？秀才说：那么，我不剃头，又和你什么相干？这篇南天北地，似乎也是秉此原则而来，未免言出其位，有伤君子之德吧？这话，诚然！但是读者未尝做我这个不剃头的秀才，你若是做了这不剃头的秀才，你一定感到：隔壁王妈妈死了，却是痛痒相关，未可漠视。何以言之？原来我胡同里每死一个人，至少我总要受一天一夜活罪。头几回呢，那还罢了，昨天死人真死到我隔壁来了，虽然不知道是不是王妈妈，我真成了某秀才了。

白天自上午九时起，鼓咚隆鼓咚当，鼓咚隆鼓咚当，曾到国会请过愿，总统私邸示过威的杠夫先生，闹了一天的大钟大鼓，那也罢了。到了晚上，杠夫先生下班，换了一班唱曲子给死尸听的和尚上台，这可就受不了。我刚从外面回家，就听见一阵呜哩呜啦的声音，顺风而至。我猜：这是小唢呐配着笛子之类，令我感到有听蹦蹦戏[1]那样难安。好在家里人，也是刚吃完饭，饱食无事，闲谈闲谈，也就不理会了。一会儿，呜哩呜啦停了，换了呛当呛当，大概是大钹和大锣，诸位若是曾听过老戏，你就知道男女二将交战打出手的时候，和这种和尚曲子的锣鼓差不多。无论如何，两耳要未经过旧戏院的训练，是不大受听，而何况这又是光听而不瞧。我这时，真有些不耐烦了。

好容易呛当当呛当停啦，接着便是呜哩呜啦一会子吹，一会子打，一直就闹到十二点。我真佩服我一般街坊，他们一律安然入睡。于是四围寂寂，万籁无声，声在后院茅厕之后。当是锣声，鼓咚是鼓声，叮是小铃声，呛是大锣声，嚓是大钹声，呜啦是唢呐声，呜哩是笛子声，还有秃秃秃，是木鱼声，我全能分辨了。我听得正烦恼，他们就越打越起劲，越吹越起劲，大有再接再厉之概。我在游艺园步月而

---

1 评戏的旧称。

回，肚子里两句歪诗，早是油然而兴，这时想写出来，不料被他们这一阵锣鼓冲锋，它小巫不敢见大巫，就吓回去了。

虽然，吹打犹可听也。吹打之后，和尚师傅，又实行唱曲子了。那声音是：呵呀呀呀！郎当郎当又郎当！叮叮叮！呵呀呀！哼哼哼！我这真不知其可了。孔子曰：是可忍也，孰不可忍也。我真恨不得跑了过去，在秃脑袋上，一个个给他一爆栗。

写到这里，一点多钟了。以后应当是焰口。前次胡同口上放焰口，我领教了，先是工工四尺上，合四上。一阵八板头，打花鼓[1]出台。接上多勒梅梅勒，扬州打牙牌。再下去，梅索梅勒多梅勒，《探亲家》[2]。最后，挑起担子走四方，一脚踏到王家庄，《大补缸》[3]。今夜晚，我又要在枕上领教这个吗？写到这里，我真不寒而栗。闲话少说罢，市政当局呀，死人，我们从俗，无法能禁人家请和尚念经。但是念经何必要乐器？要乐器罢了，何必唱小调？我就极端迷信地说，让我做了阎王或小鬼，我也不能听了一阵小妹妹打

1　打花鼓，民间小调。
2　京剧戏名。
3　京剧戏名。

第二章　情与爱

牙牌，就放过新勾来的死者。恐怕还要治他家人以败坏风化之罪呢。那么，这种和尚淫曲子，就事论事说，不也应该禁吗？至于一家死了一个人，吵得四邻整夜不安，关于晚上不准念经一节，未免太维新，不是中国人说的话，我也就不敢说了。

书于月斜星角，叮当呜啦之声中。

儿　女

（文 / 朱自清）

　　我现在已是五个儿女的父亲了。想起圣陶喜欢用的"蜗牛背了壳"的比喻，便觉得不自在。新近一位亲戚嘲笑我说："要剥层皮呢！"更有些悚然了。十年前刚结婚的时候，在胡适之先生的《藏晖室札记》里，见过一条，说世界上有许多伟大的人物是不结婚的；文中并引培根的话，"有妻子者，其命定矣。"当时确吃了一惊，仿佛梦醒一般；但是家里已是不由分说给娶了媳妇，又有甚么可说？现在是一个媳妇，跟着来了五个孩子；两个肩头上，加上这么重一副担子，真不知怎样走才好。"命定"是不用说了；从孩子们那一面说，他们该怎样长大，也正是可以忧虑的事。我是个彻头彻尾自私的人，做丈夫已是勉强，做父亲更是不成。自然，"子孙崇拜""儿童本位"的哲理或伦理，我也有些知道；既做着父亲，闭了眼抹杀孩子们的权利，知道是不行的。可惜这只是理论，实际上我是仍旧按照古老的传统，在野蛮地对付着，和普通的父亲一样。近来差不多是中年的人了，才渐渐觉得自己的残酷；想着孩子们受过的体罚和叱责，始终不能辩解——像抚摩着旧创痕那样，我的心酸溜溜的。有一回读了有岛武郎《与幼小者》的译文，对了那种伟大的，沉挚的态度，我竟流下泪来了。去年父亲来信，问起阿九，那时阿九还在白马湖呢；信上说，"我没有耽误你，你也不要耽误他才好。"我为这句话哭了一场；我为什么不像父亲的仁慈？我不该忘记，父亲怎样待我们来着！人性许真是二元的，我是这样地矛盾；我的心像钟摆似的来去。

你读过鲁迅先生的《幸福的家庭》么？我的便是那一类的"幸福的家庭"！每天午饭和晚饭，就如两次潮水一般。先是孩子们你来他去地在厨房与饭间里查看，一面催我或妻发"开饭"的命令。急促繁碎的脚步，夹着笑和嚷，一阵阵袭来，直到命令发出为止。他们一递一个地跑着喊着，将命令传给厨房里佣人；便立刻抢着回来搬凳子。于是这个说："我坐这儿！"那个说："大哥不让我！"大哥却说："小妹打我！"我给他们调解，说好话。但是他们有时候很固执，我有时候也不耐烦，这便用着叱责了；叱责还不行，不由自主地，我的沉重的手掌便到他们身上了。于是哭的哭，坐的坐，局面才算定了。接着可又你要大碗，他要小碗，你说红筷子好，他说黑筷子好；这个要干饭，那个要稀饭，要茶要汤，要鱼要肉，要豆腐，要萝卜；你说他菜多，他说你菜好。妻是照例安慰着他们，但这显然是太迂缓了。我是个暴躁的人，怎么等得及？不用说，用老法子将他们立刻征服了；虽然有哭的，不久也就抹着泪捧起碗了。吃完了，纷纷爬下凳子，桌上是饭粒呀，汤汁呀，骨头呀，渣滓呀，加上纵横的筷子，欹斜的匙子，就如一块花花绿绿的地图模型。吃饭而外，他们的大事便是游戏。游戏时，大的有大主意，小的有小主意，各自坚持不下，于是争执起来；或者大的欺负了小的，或者小的竟欺负了大的，被欺负的哭着嚷着，到我或妻的面前诉苦；我大抵仍旧要用老法子来判断的，但不理的时候也有。最为难的，是争夺玩具的时候：这一个的与那一个的是同样的东西，却偏要那一个的；而那一个便偏不答应。在这种情形之下，不论如何，终于是非哭了不可的。这些事件自然不至于天天全有，但大致总有好些起。我若坐在家里看书或写什么东西，管保一点钟里要分几回心，或站起来一两次的。若是雨天或礼拜日，孩子们在家的多，那么，摊开书竟看不下一行，提起笔也写不出一个字的事，也有过的。我常和妻说："我们家真是成日的千军万马呀！"

第二章　情与爱

有时是不但"成日"，连夜里也有兵马在进行着，在有吃乳或生病的孩子的时候！

我结婚那一年，才十九岁。二十一岁，有了阿九；二十三岁，又有了阿菜。那时我正像一匹野马，哪能容忍这些累赘的鞍鞯，辔头和缰绳？摆脱也知是不行的，但不自觉地时时在摆脱着。现在回想起来，那些日子，真苦了这两个孩子；真是难以宽宥的种种暴行呢！阿九才两岁半的样子，我们住在杭州的学校里。不知怎地，这孩子特别爱哭，又特别怕生人。一不见了母亲，或来了客，就哇哇地哭起来了。学校里住着许多人，我不能让他扰着他们，而客人也总是常有的；我懊恼极了，有一回，特地骗出了妻，关了门，将他按在地下打了一顿。这件事，妻到现在说起来，还觉得有些不忍；她说我的手太辣了，到底还是两岁半的孩子！我近年常想着那时的光景，也觉黯然。阿菜在台州，那是更小了；才过了周岁，还不大会走路。也是为了缠着母亲的缘故吧，我将她紧紧地按在墙角里，直哭喊了三四分钟；因此生了好几天病。妻说，那时真寒心呢！但我的苦痛也是真的。我曾给圣陶写信，说孩子们的折磨，实在无法奈何；有时竟觉着还是自杀的好。这虽是气愤的话，但这样的心情，确也有过的。后来孩子是多起来了，磨折也磨折得久了，少年的锋棱渐渐地钝起来了；加以增长的年岁增长了理性的裁制力，我能够忍耐了——觉得从前真是一个"不成材的父亲"，如我给另一个朋友信里所说。但我的孩子们在幼小时，确比别人的特别不安静，我至今还觉如此。我想这大约还是由于我们抚育不得法；从前只一味地责备孩子，让他们代我们负起责任，却未免是可耻的残酷了！

正面意义的"幸福"，其实也未尝没有。正如谁所说，小的总是可爱，孩子们的小模样，小心眼儿，确有些教人舍不得的。阿毛现在五个月了，你用手指去拨弄她的下巴，或向她做趣脸，她便会张开没牙的嘴格格地笑，笑得像一朵正开的花。她不愿在屋里待着；待久了，便大声儿嚷。妻常说："姑娘又要出去溜达了。"她说她像鸟儿般，每天总得到外面溜一些时候。闰儿上个月刚过了三岁，笨得很，话还没有学好呢。他只能说三四个字的短语或句子，文法错误，发音模糊，又得费气力说出；我们老是要笑他的。他说"好"字，总变成"小"字；问他"好不好"，他便说"小"，或"不小"。我们常常逗着他说这个字玩儿；他似乎有些觉得，近来偶然也能说出正确的"好"字了——特别在我们故意说成"小"字的时候。他有一只搪瓷碗,是一毛来钱买的;买来时,老妈子教给他:"这是一毛钱。"他便记住"一毛"两个字,管那只碗叫"一毛",有时竟省称为"毛"。这在新来的老妈子,是必需翻译了才懂的。他不好意思,或见着生客时,便咧着嘴痴笑;我们常用了土话,叫他做"呆瓜"。他是个小胖子,短短的腿,走起路来,蹒跚可笑;若快走或跑,便更"好看"了。他有时学我,将两手叠在背后,一摇一摆的;那是他自己和我们都要乐的。他的大姊便是阿菜,已是七岁多了,在小学校里念着书。在饭桌上,一定得啰啰唆唆地报告些同学或他们父母的事情;气喘喘地说着,不管你爱听不爱听。说完了总问我:"爸爸认识么?""爸爸知道么?"妻常禁止她吃饭时说话,所以她总是问我。她的问题真多:看电影便问电影里的是不是人?是不是真人?怎么不说话?看照相也是一样。不知谁告诉她,兵是要打人的。她回来便问,兵是人么?为什么打人?近来大约听了先生的话,回来又问张作霖的兵是帮谁的?蒋介石的兵是不是帮我们的?诸如此类的问题,每天短不了,常常闹得我不知怎样答才行。她和闰儿在一处玩儿,一大一小,不很合适,老是吵着哭着。但合适的时候也有:譬如这个往床底下躲，那个便钻进去追着；这个钻出来，那个也跟着——从这个床到那个床，只听见笑着，嚷着，喘着，真如妻所说，像小狗似的。现在在京的，便只有这三个孩子；阿九和转儿是去年北来时，让母亲暂时带回扬州去了。

阿九是欢喜书的孩子。他爱看《水浒》，《西游记》，《三侠五义》，《小朋友》等；没有事便捧着书坐着或躺着看。只不欢喜《红楼梦》，说是没有味儿。是的，《红楼梦》的味儿，一个十岁的孩子，哪里能领略呢？去年我们事实上只能带两个孩子来；因为他大些，而转儿是一直跟着祖母的，便在上海将他俩丢下。我清清楚楚记得那分别的一个早上。我领着阿九从二洋泾桥的旅馆出来，送他到母亲和转儿住着的亲戚家去。妻嘱咐说："买点吃的给他们吧。"我们走过四马路，到一家茶食铺里。阿九说要熏鱼，我给买了；又买了饼干，是给转儿的。便乘电车到海宁路。下车时，看着他的害怕与累赘，很觉恻然。到亲戚家，因为就要回旅馆收拾上船，只说了一两句话便出来；转儿望望我，没说什么，阿九是和祖母说什么去了。我回头看了他们一眼，硬着头皮走了。后来妻告诉我，阿九背地里向她说："我知道爸爸欢喜小妹，不带我上北京去。"其实这是冤枉的。他又曾和我们说："暑假时一定来接我啊！"我们当时答应着；但现在已是第二个暑假了，他们还在迢迢的扬州待着。他们是恨着我们呢？还是惦着我们呢？妻是一年来老放不下这两个，常常独自暗中流泪；但我有什么法子呢！想到"只为家贫成聚散"一句无名的诗，不禁有些凄然。转儿与我较生疏些。但去年离开白马湖时，她也曾用了生硬的扬州话（那时她还没有到过扬州呢），和那特别尖的小嗓子向着我："我要到北京去。"她晓得什么北京？只跟着大孩子们说罢了；但当时听着，现在想着的我，却真是抱歉呢。这兄妹俩离开我，原是常事，离开母亲，虽也有过一回，这回可是太长了；小小的心儿，知道是怎样忍耐那寂寞来着！

我的朋友大概都是爱孩子的。少谷有一回写信责备我，说儿女的吵闹，也是很有趣的，何至可厌到如我所说；他说他真不解。子恺为他家华瞻写的文章，真是"蔼然仁者之言"。圣陶也常常为孩子操心：小学毕业了，到什么中学好呢？——这样的话，他和我说过两三回了。我对他们只有惭愧！可是近来我也渐渐觉着自己的责任。我想，首先该将孩子们团聚起来，其次便该给他们些力量。我亲眼见过一个爱儿女的人，因为不曾好好地教育他们，便将他们荒废了。他并不是溺爱，只是没有耐心去料理他们，他们便不能成材了。我想我若照现在这样下去，孩子们也便危险了。我得计划着，让他们渐渐知道怎样去做人才行。但是要不要他们像我自己呢？这一层，我在白马湖教初中学生时，也曾从师生的立场上问过丏尊，他毫不踌躇地说："自然啰。"近来与平伯谈起教子，他却答得妙："总不希望比自己坏啰。"是的，只要不"比自己坏"就行，"像"不"像"倒是不在乎的。职业，人生观等，还是由他们自己去定的好；自己顶可贵，只要指导，帮助他们去发展自己，便是极贤明的办法。

予同说："我们得让子女在大学毕了业，才算尽了责任。"SK说："不然，要看我们的经济，他们的材质与志愿；若是中学毕了业，不能或不愿升学，便去做别的事，譬如做工人吧，那也并非不行的。"自然，人的好坏与成败，也不尽靠学校教育；说是非大学毕业不可，也许只是我们的偏见。在这件事上，我现在毫不能有一定的主意；特别是这个变动不居的时代，知道将来怎样？好在孩子们还小，将来的事且等将来吧。目前所能做的，只是培养他们基本的力量——胸襟与眼光；孩子们还是孩子们，自然说不上高的远的，慢慢从近处小处下手便了。这自然也只能先按照我自己的样子："神而明之,存乎其人。"光辉也罢,倒霉也罢,平凡也罢,让他们各尽各的力去。我只希望如我所想的,从此好好地做一回父亲,便自称心满意。——想到那"狂人""救救孩子"的呼声,我怎敢不悚然自勉呢?

1928年6月24日晚写毕,北京清华园

给我的孩子们[1]

（文 / 丰子恺）

我的孩子们！我憧憬于你们的生活，每天不止一次！我想委曲地说出来，使你们自己晓得。可惜到你们懂得我的话的意思的时候，你们将不复是可以使我憧憬的人了。这是何等可悲哀的事啊！

瞻瞻！你尤其可佩服。你是身心全部公开的真人。你什么事体都像拼命地用全副精力去对付。小小的失意，像花生米翻落地了，自己咬了舌头了，小猫不肯吃糕了，你都要哭得嘴唇翻白，昏去一两分钟。外婆普陀去烧香买回来给你的泥人，你何等鞠躬尽瘁地抱他，喂他；有一天你自己失手把他打破了，你的号哭的悲哀，比大人们的破产、失恋、broken heart[2]、丧考妣、全军覆没的悲哀都要真切。两把芭蕉扇做的脚踏车，麻雀牌堆成的火车、轿车，你何等认真

1　此文原为《子恺画集》代序，载1926年12月26日《文学周报》第4卷第6期，署名：子恺。
2　broken heart：意即极度伤心。

地看待，挺直了嗓子叫"汪——"，"咕咕咕……"，来代替汽笛。宝姊姊讲故事给你听，说到"月亮姊姊挂下一只篮来，宝姊姊坐在篮里吊了上去，瞻瞻在下面看"的时候，你何等激昂地同她争，说"瞻瞻要上去，宝姊姊在下面看！"甚至哭到漫姑¹面前去求审判。我每次剃了头，你真心地疑我变了和尚，好几时不要我抱。最是今年夏天，你坐在我膝上发见了我腋下的长毛，当作黄鼠狼的时候，你何等伤心，你立刻从我身上爬下去，起初眼瞪瞪地对我端详，继而大失所望地号哭，看看，哭哭，如同对被判定了死罪的亲友一样。你要我抱你到车站里去，多多益善地要买香蕉，满满地擒了两手回来，回到门口时你已经熟睡在我的肩上，手里的香蕉不知落在哪里去了。这是何等可佩服的真率，自然，与热情！大人间的所谓"沉默"、"含蓄"、"深刻"的美德，比起你来，全是不自然的、病的、伪的！

你们每天坐火车、坐轿车、办酒、请菩萨、堆六面画，唱歌，全是自动的，创造创作的生活。大人们的呼号"归自然！""生活的艺术化！""劳动的艺术化！"在你们面前

1　漫姑：即作者的三姐丰满。

真是出丑得很了！依样画几笔画，写几篇文的人称为艺术家，创作家，对你们更要愧死！

你们的创作力，比大人真是强盛得多哩：瞻瞻！你的身体不及椅子的一半，却常常要搬动它，与它一同翻倒在地上；你又要把一杯茶横转来藏在抽斗里，要皮球停在壁上，要拉住火车的尾巴，要月亮出来，要天停止下雨。在这等小小的事件中，明明表示着你们的弱小的体力与智力不足以应付强盛的创作欲、表现欲的驱使，因而遭逢失败。然而你们是不受大自然的支配，不受人类社会的束缚的创造者，所以你的遭逢失败，例如火车尾巴拉不住，月亮呼不出来的时候，你们绝不承认是事实的不可能，总以为是爹爹妈妈不肯帮你们办到，同不许你们弄自鸣钟同例，所以愤愤地哭了，你们的世界何等广大！

你们一定想：终天无聊地伏在案上弄笔的爸爸，终天闷闷地坐在窗下弄引线的妈妈，是何等无气性的奇怪的动物！你们所视为奇怪动物的我与你们的母亲，有时确实难为了你们，摧残了你们，回想起来，真是不安心得很！

阿宝！有一晚你拿软软的新鞋子，和自己脚上脱下来的鞋子，给凳子的脚穿了，划袜立在地上，得意地叫"阿宝两只脚，凳子四只脚"的时候，你母亲喊着"龌龊了袜子！"立刻擒你到藤榻上，动手毁坏你的创作。当你蹲在榻上注视你母亲动手毁坏的时候，你的小心里一定感到"母亲这种人，何等杀风景而野蛮"罢！

瞻瞻！有一天开明书店送了几册新出版的毛边的《音乐入门》来。我用小刀把书页一张一张地裁开来，你侧着头，站在桌边默默地看。后来我从学校回来，你已经在我的书架上拿了一本连史纸印的中国装的《楚辞》，把它裁破了十几页，得意地对我说："爸爸！瞻瞻也会裁了！"瞻瞻！这在你原是何等成功的欢喜，何等得意的作品！却被我一个惊骇的"哼！"字喊得你哭了。那时候你也一定抱怨"爸爸何等不明"吧！

软软！你常常要弄我的长锋羊毫，我看见了总是无情地夺脱你。现在你一定轻视我，想道："你终于要我画你的画集的封面！"

最不安心的，是有时我还要拉一个你们所最怕的陆露沙医生来。教他用他的大手来摸你们的肚子，甚至用刀来在你们臂上割几下，还要教妈妈和漫姑擒住了你们的手脚，捏住了你们的鼻子，把很苦的水灌到你们的嘴里去。这在你们一定认为太无人道的野蛮举动罢!

孩子们! 你们真果抱怨我，我倒欢喜；到你们的抱怨变为感谢的时候，我的悲哀来了!

我在世间，永没有逢到象你们这样出肺肝相示的人。世间的人群结合，永没有象你们样的彻底地真实而纯洁。最是我到上海去干了无聊的所谓"事"回来，或者去同不相干的人们做了叫做"上课"的一种把戏回来，你们在门口或车站旁等我的时候，我心中何等惭愧又欢喜! 惭愧我为甚么去做这等无聊的事，欢喜我又得暂时放怀一切地加入你们的真生活的团体。

但是，你们的黄金时代有限，现实终于要暴露的。这是我经验过来的情形，也是大人们谁也经验过的情形。我眼看见儿时的伴侣中的英雄，好汉，一个个退缩，顺从，妥协，屈服起来，到像绵羊的地步。我自己也是如此。"后之视今，亦犹今之视昔"，你们不久也要走这条路呢!

我的孩子们! 憧憬于你们的生活的我，痴心要为你们永远挽留这黄金时代在这册子里。然这真不过象"蜘蛛网落花"略微保留一点春的痕迹而已。且到你们懂得我这片心情的时候，你们早已不是这样的人，我的画在世间已无可印证了！这是何等可悲哀的事啊！

《子恺画集》代序，一九二六年耶诞节作。[1]

送阿宝出我的黄金时代

（文 / 丰子恺）

阿宝，我和你在世间相聚，至今已十四年了，在这五千多天内，我们差不多天天在一处，难得有分别的日子。我看着你呱呱堕地，嘤嘤学语，看你由吃奶改为吃饭，由匍匐学成跨步。你的变态微微地逐渐地展进，没有痕迹，使我全然不知不觉，以为你始终是我家的一个孩子，始终是我们这家庭里的一种点缀，始终可做我和你母亲的生活的慰安者。然而近年来，你态度行为的变化，渐渐证明其不然。你已在我们的不知不觉之间长成了一个少女，快将变为成人了。古人谓"父母之年不可不知也，一则以喜，一则以惧。"我现在反行了古人的话，在送你出黄金时代的时候，也觉得悲喜交集。

所喜者，近年来你的态度行为的变化，都是你将由孩子变成成人的表示。我的辛苦和你母亲的劬劳似乎有了成绩，私心庆慰。所悲者，你的黄金时代快要度尽，现实渐渐暴露，你将停止你的美丽的梦，而开始生活的奋斗了，我们仿佛丧失了一个从小依傍在身边的孩子，而另得了一个新交的知友。"乐莫乐兮新相知"；然而旧日天真烂漫的阿宝，从此永远不得再见了！

记得去春有一天，我拉了你的手在路上走。落花的风把一阵柳絮吹在你的头发上，脸孔上，和嘴唇上，使你好像冒了雪，生了白胡须。我笑着搂住了你的肩，用手帕为你拂拭。你也笑着，仰起了头依在我的身旁。这在我们原是极寻常的事：以前每天你吃过饭，是我同你洗脸的。然而路上的人向我们注视，对我们窃笑，其意思仿佛在说："这样大的姑娘儿，还在路上教父亲搂住了拭脸孔"！我忽然看见你的身体似乎高大了，完全发育了，已由中性似的孩子变成十足的女性了。我忽然觉得，我与你之间似乎筑起一堵很高，很坚，很厚的无影的墙。你在我的怀抱中长起来，在我的提携中大起来；但从今以后，我和你将永远分居于两个世界了。一刹那间我心中感到深痛的悲哀。我怪怨你何不永远做一个孩子而定要长大起来，我怪怨人类中何必有男女之分。然而怪怨之后立刻破悲为笑。恍悟这不是当然的事，可喜的事么？

记得有一天，我从上海回来。你们兄弟姊妹照例拥在我身旁，等候我从提箱中取出"好东西"来分。我欣然地取出一束巧格力来，分给你们每人一包。你的弟妹们到手了这五色金银的巧格力，照例欢喜得大闹一场，雀跃地拿去尝新了。

　　你受持了这赠品也表示欢喜，跟着弟妹们去了。然而过了几天，我偶然在楼窗中望下来，看见花台旁边，你拿着一包新开的巧格力，正在分给弟妹三人。他们各自争多嫌少，你忙着为他们均分。在一块缺角的巧格力上添了一张五色金银的包纸派给小妹妹了，方才三面公平。他们欢喜地吃糖了，你也欢喜地看他们吃。这使我觉得惊奇。吃巧格力，向来是我家儿童们的一大乐事。因为乡村里只有箬叶包的糖塌饼，草纸包的状元糕，没有这种五色金银的糖果；只有甜煞的粽子糖，咸煞的盐青果，没有这种异香异味的糖果。所以我每次到上海，一定要买些回来分给儿童，籍添家庭的乐趣。儿童们切望我回家的目的，大半就在这"好东西"上。你向来也是这"好东西"的切望者之一人。你曾经和弟妹们赌赛谁是最后吃完；你曾经把五色金银的锡纸积受起来制成华丽的手工品，使弟妹们艳羡。这回你怎么一想，肯把自己的一包藏起来，如数分给弟妹们吃呢？我看你为他们分均匀了之后表示非常的欢喜，同从前赌得了最后吃完时一样，不觉倚在楼上独笑起来。

第二章　情与爱

因为我忆起了你小时候的事：十来年之前，你是我家里的一个捣乱分子，每天为了要求的不满足而哭几场，挨母亲打几顿。你吃蛋只要吃蛋黄，不要吃蛋白，母亲偶然夹一筷蛋白在你的饭碗里，你便把饭粒和蛋白乱拨在桌子上，同时大喊"要黄！要黄！"你以为凡物较好者就叫做"黄"。所以有一次你要小椅子玩耍，母亲搬一个小凳子给你，你也大喊"要黄！要黄！"你要长竹竿玩，母亲拿一根"史的克"[1]给你，你也大喊"要黄！要黄！"你看不起那时候还只一二岁而不会活动的软软。吃东西时，把不好吃的东西留着给软软吃；讲故事时，把不幸的角色派给软软当。向母亲有所要求而不得允许的时候，你就高声地问："当错软软么？当错软软么？"

你的意思以为：软软这个人要不得，其要求可以不允许；而阿宝是一个重要不过的人，其要求岂有不允许之理？今所以不允许者，大概是当错了软软的缘故。所以每次高声地提醒你母亲，务要她证明阿宝正身，允许一切要求而后已。这个一味"要黄"而专门欺侮弱小的捣乱分子，今天在

1　史的克：英文stick（手杖）的译音。

那里牺牲自己的幸福来增殖弟妹们的幸福，使我看了觉得可笑，又觉得可悲。你往日的一切雄心和梦想已经宣告失败，开始在遏制自己的要求，忍耐自己的欲望，而谋他人的幸福了；你已将走出惟我独尊的黄金时代，开始在尝人类之爱的辛味了。

　　记得去年有一天，我为了必要的事，将离家远行。在以前，每逢我出门了，你们一定不高兴，要阻住我，或者约我早归。在更早的以前，我出门须得瞒过你们。你弟弟后来寻我不着，须得哭几场。我回来了，倘预知时期，你们常到门口或半路上来迎候。我所描的那幅题曰《爸爸还不来》的画，便是以你和你的弟弟的等我归家为题材的。因为我在过去的十来年中，以你们为我的生活慰安者，天天晚上和你们谈故事，作游戏，吃东西，使你们都觉得家庭生活的温暖，少不来一个爸爸，所以不肯放我离家。去年这一天我要出门了，你的弟妹们照旧为我惜别，约我早归。我以为你也如此，正在约你何时回家和买些什么东西来，不意你却劝我早去，又劝我迟归，说你有种种玩意可以骗住弟妹们的阻止和盼待。原来你已在我和你母亲谈话中闻知了我此行有早去迟归的必要，决意为我分担生活的辛苦了。我此行感觉轻快，但又感觉悲哀。因为我家将少却了一个黄金时代的幸福儿。

以上原都是过去的事，但是常常切在我的心头，使我不能忘却。现在，你已做中学生，不久就要完全脱离黄金时代而走向成人的世间去了。我觉得你此行比出嫁更重大。古人送女儿出嫁诗云："幼为长所育，两别泣不休。对此结中肠，义往难复留。"你出黄金时代的"义往"，实比出嫁更"难复留"，我对此安得不"结中肠"？所以现在追述我的所感，写这篇文章来送你。你此后的去处，就是我这册画集里所描写的世间。我对于你此行很不放心。因为这好比把你从慈爱的父母身旁遣嫁到恶姑的家里去，正如前诗中说："自小闺内训，事姑贻我忧。"事姑取甚样的态度，我难于代你决定。但希望你努力自爱，勿贻我忧而已。

约十年前，我曾作一册描写你们的黄金时代的画集（《子恺画集》）。其序文（《给我的孩子们》）中曾经有这样的话："我的孩子们！我憧憬于你们的生活，每天不止一次！"

我想委曲地说出来，使你们自己晓得。可惜到你们懂得我的话的时候，你们将不复是可以使我憧憬的人了。这是何等可悲哀的事啊！但是你们的黄金时代有限，现实终于要暴露的。这是我经验过来的情形，也是大人们谁也经验过来的情形。我眼看见儿时伴侣中的英雄、好汉，一个个退缩、顺从、妥协、屈服起来，到象绵羊的地步。我自己也是如此。"后之视今，亦犹今之视昔"，你们不久也要走这条路呢！写这些话时的情景还历历在目，而现在你果然已经"懂得我的话"了！果然也要"走这条路"了！无常迅速，念此又安得不结中肠啊！

廿三（1934）年岁暮，选辑近作漫画，定名为《人间相》，付开明出版。选辑既竟，取十年前所刊《子恺画集》比较之，自觉画趣大异。读序文，不觉心情大异。遂写此篇，以为《人间相》辑后感。

谈友谊

（文／梁实秋）

朋友居五伦之末，其实朋友是极重要的一伦。所谓友谊实即人与人之间的一种良好的关系，其中包括了解、欣赏、信任、容忍、牺牲……诸多美德。如果以友谊作基础，则其他的各种关系如父子夫妇兄弟之类均可圆满地建立起来。当然父子兄弟是无可选择的永久关系，夫妇虽有选择余地，但一经结合便以不再仳离为原则，而朋友则是有聚有散可合可分的。不过，说穿了，父子夫妇兄弟都是朋友关系，不过形式性质稍有不同罢了。严格地讲，凡是充分具备一个好朋友的人，他一定也是一个好父亲、好儿子、好丈夫、好妻子、好哥哥、好弟弟。反过来亦然。

我们的古圣先贤对于交友一端是甚为注重的。《论语》里面关于交友的话很多。在西方亦是如此。罗马的西塞罗有一篇著名的《论友谊》。法国的蒙田、英国的培根、美国的爱默生，都有论友谊的文章。我觉得近代的作家在这个题目上似乎不大肯费笔墨了。这是不是叔季之世友谊没落的象征呢？我不敢说。

古之所谓"刎颈交"，陈义过高，非常人所能企及。如Damon与Pythias[1]，David与Jonathan[2]，怕也只是传说中的美谈吧。就是把友谊的标准降低一些，真正能称得起朋友的还是很难得。试想一想，如有银钱经手的事，你信得过的朋友能有几人？在你蹭蹬失意或疾病患难之中还肯登门拜访乃至雪中送炭的朋友又有几人？你出门在外之际对于你的妻室弱媳肯加照顾而又不照顾得太多者又有几人？再退一步，平素投桃报李，莫逆于心，能维持长久于不坠者，又有几人？总角之交，如无特别利害关系以为维系，恐怕很难在若干年后不变成为路人。富兰克林说："有三个朋友是最忠实可靠的——老妻，老狗和现款。"妙的是这三个朋友都不是朋友。倒是亚里斯多德的一句话最干脆："我的朋友们啊！世界上根本没有朋友。"这句话近于愤世嫉俗，事实上世界上还是有朋友的，不过虽然无需打着灯笼去找，却是像沙里淘

1　Damon：达蒙，罗马神话中的西西里人。Pythias：皮西厄斯，与Damon是生死之交。在英语中，"Damon and Pythias"一语被人们用来表示"莫逆之交""生死之交""刎颈之交"之意。

2　David and Jonathan：英语谚语，意为"十分要好的好朋友"，情同手足，可以共生死患难，甚至为对方牺牲生命。

金而且还需要长时间地洗炼。一旦真铸成了友谊，便会金石同坚，永不退转。

大抵物以类聚，人以群分。臭味相投，方能永以为好。交朋友也讲究门当户对，纵不像九品中正那么严格，也自然有个界线。"同学少年多不贱，五陵裘马自轻肥"，于"自轻肥"之余还能对着往日的旧游而不把眼睛移到眉毛上边去么？汉光武容许严子陵把他的大腿压在自己的肚子上，固然是雅量可风，但是严子陵之毅然决然地归隐于富春山，则尤为知趣。朱洪武写信给他的一位朋友说："朱元璋作了皇帝，朱元璋还是朱元璋……"话自管说得很漂亮，看看他后来之诛戮功臣，也就不免令人心悸。人的身心构造原是一样的，但是一入宦途，可能发生突变。孔子说，无友不如己者。我想一来只是指品学而言，二来只是说不要结交比自己坏的，并没有说一定要我们去高攀。友谊需要两造，假如双方都想结交比自己好的，那就永远交不起来。

好像是王尔德说过，"一个男人与一个女人之间是不可能有友谊存在的。"就一般而论，这话是对的，因为如有深厚的友谊，那友谊容易变质，如果不是心心相印，那又算不得是友谊。过犹不及，那分际是很难把握的。忘年交倒是可能的。祢衡年未二十，孔融年已五十，便相交友，这样的例子史不绝书。但似乎以同性为限。并且以我所知，忘年交之形成固有赖于兴趣之相近与互相之器赏，但年长的一方面多少需要保持一点童心，年幼的一方面多少需要显着几分老成。老气横秋则令人望而生畏，轻薄儇佻则人且避之若浼。单身的人容易交朋友，因为他的情感无所寄托，漂泊流离之中最需要一个一倾积愫的对象，可是等他有红袖添香稚子候门的时候，心境就不同了。

"君子之交淡若水"，因为淡所以不腻，才能持久。"与朋友交，久而敬之。"敬就是保持距离，也就是防止过分的亲昵。不过"狎而敬之"是很难的。最要注意的是，友谊不可透支，总要保留几分。马克·吐温说："神圣的友谊之情，其性质是如此的甜蜜、稳定、忠实、持久。可以终身不渝，如果不开口向你借钱。"这真是慨而言之。朋友本有通财之谊，但这是何等微妙的一件事！世上最难忘的事是借出去的钱，一般认为最倒霉的事又莫过于还钱。一牵涉到钱，恩怨便很难清算得清楚，多少成长中的友谊都被这阿堵物所戕害！

规劝乃是朋友中间应有之义，但是谈何容易。名利场中，沆瀣一气，自己都难以明辨是非，哪有余力规劝别人？而在对方则又良药苦口忠言逆耳，谁又愿意别人批他的逆鳞？规劝不可当着第三者的面前行之，以免伤他的颜面，不可在他情绪不宁时行之，以免逢彼之怒。孔子说："忠告而善道之，不可则止。"我总以为劝善规过是友谊的消极的作用。友谊之乐是积极的。只有神仙和野兽才喜欢孤独，人是要朋友的。"假如一个人独自升天，看见宇宙的大观，群星的美丽，他并不能感到快乐，他必要找到一个人向他述说他所见的奇景，他才能快乐。"共享快乐，比共受患难，应该是更正常的友谊中的趣味。

第二章　情与爱

第三章　人生的无常

生命不怕死，在死的面前笑着跳着，跨过了灭亡的人们向前进。

什么是路？就是从没路的地方践踏出来的，从只有荆棘的地方开辟出来的。

以前早有路了，以后也该永远有路。

生命的路[1]

（文 / 鲁迅）

想到人类的灭亡是一件大寂寞大悲哀的事，然而若干人们的灭亡，却并非寂寞悲哀的事。

生命的路是进步的，总是沿着无限的精神三角形的斜面向上走，什么都阻止他不得。

自然赋与人们的不调和还很多，人们自己萎缩堕落退步的也还很多，然而生命绝不因此回头。无论什么黑暗来防范思潮，什么悲惨来袭击社会，什么罪恶来亵渎人道，人类的渴仰完全的潜力，总是踏了这些铁蒺藜向前进。

生命不怕死，在死的面前笑着跳着，跨过了灭亡的人们向前进。

什么是路？就是从没路的地方践踏出来的，从只有荆棘的地方开辟出来的。

以前早有路了，以后也该永远有路。

1　本篇最初发表于1919年11月1日《新青年》第六卷第六号，署名唐俟。

人类总不会寂寞，因为生命是进步的，是乐天的。

　　昨天，我对我的朋友L[1]说："一个人死了，在死者自身和他的眷属是悲惨的事，但在一村一镇的人看起来不算什么；就是一省一国一种……"[2]

　　L很不高兴，说："这是Nature（自然）的话，不是人们的话。你应该小心些。"

　　我想，他的话也不错。

1　这里和下文的"L"，最初发表时都作"鲁迅"。
2　此段末二句，在《新青年》发表时为："但在一村一镇的人看起来不算什么，一村一镇的人都死了，在一府一省的人看起来不算什么，就是一省一国一种……"

归　航

（文／郁达夫）

　　微寒刺骨的初冬晚上，若在清冷同中世似的故乡小市镇中，吃了晚饭，于未敲二更之先，便与家中的老幼上了楼，将你的身体躺入温暖的被里，呆呆地隔着帐子，注视着你的低小的木桌上的灯光，你必要因听了窗外冷清的街上过路人的歌音和足声而泪落。你因了这灰暗的街上的行人，必要追想到你孩提时候的景象上去。这微寒静寂的晚间的空气，这幽闲落寞的夜行者的哀歌，与你儿童时代所经历的一样，但是睡在楼上薄棉被里，听这哀歌的人的变化却如何了？一想到这里谁能不生起伤感的情来呢？——但是我的此言，是为像我一样的无能力的将近中年的人而说的。

　　我在日本的郊外夕阳晚晚的山野田间散步的时候，也忽而起了一种同这情怀相像的怀乡的悲感；看看几个日夕谈心的朋友，一个一个的减少下去的时候，我也想把我的迷游生活（Wandering Life）结束了。

　　十年久住的这海东的岛国，把我那同玫瑰露似的青春消磨了的这异乡的天地，我虽受了她的凌辱不少，我虽不愿第二次再使她来吻我的脚底，但是因为这厌恶的情太深了，到了将离的时候，倒反而生起一种不忍与她诀别的心来。啊啊，这柔情一脉，便是千古的伤心种子，人生的悲剧，大约是发芽在此地的吧？

我于未去日本之先，我的高等学校时代的生活背景，也想再去探看一回。我于永久离开这强暴的小国之先，我的迭次失败了的浪漫史的血迹，也想再去揩拭一回。

"轻薄淫荡的异性者呀，你们用了种种柔术想把来弄杀了的他，现在已经化作了仙人，想回到他的须弥故国去了。请你们尽在这里试用你们的手段吧，他将要骑了白鹤，回到他的母亲怀里去了。他回去之后，定将拥挟了霓裳仙子，舞几夜通宵的歌舞，他是再也不来向你们乞怜的了。"

我也想用了微笑，代替了这一段言语，向那些愚弄过我的妇人，告个长别，用以泄泄我的一段幽恨。为了这种种琐碎的原因，我的回国日期竟一天一天的延长了许多的时日。

从家里寄来的款也到了，几个留在东京过夏的朋友为我饯行的席也设了，想去的地方，也差不多去过了，几册爱读的书也买好了，但是要上船的第一天（七月的十五）我又忽而跑上日本邮船公司去，把我的船票改迟了一班，我虽知道在黄海的这面有几个——我只说几个——与我意气相合的朋友在那里等我，但是我这莫名其妙的离情，我这像将死时一样的哀感，究竟教我如何处置呢？我到七月十九的晚上，喝醉了酒，才上了东京的火车，上神户去乘翌日出发的归舟。

二十日的早晨从车上走下来的时候，赤色的太阳光线已经将神户市的一大半房屋烧热了。神户市的附近，须磨是风光明媚的海滨村，是三伏中地上避暑的快乐园，当前年须磨寺大祭的晚上，是我与一个不相识的妇人共宿过的地方。依我目下的情怀说来，是不得不再去留一宵宿，叹几声别的，但是回故国的轮船将于午前十点钟开行，我只能在海上与她遥别了。

"妇人呀妇人，但愿你健在，但愿你荣华，我今天是不能来看你了。再会——不……不……永别了……"

须磨的西边是明石，紫式部的同画卷似的文章，蓝苍的海浪，洁白的沙滨，参差雅淡的别庄，别庄内的美人，美人的幽梦……"明石呀明石！我只能在游仙枕上，远梦到你的青松影里，再来和你的儿女谈多情的韵事了。"

八点半钟上了船，照管行李，整理舱位，足足忙了两个钟头；船的前后铁索响的时候，铜锣报知将开船的时候，我的十年中积下来的对日本的愤恨与悲哀，不由得化作了数行冰冷的清泪，把海湾一带的风景，染成了模糊像梦里的江山。

"啊啊，日本呀！世界一等强国的日本呀！国民比我们矮小，野心比我们强烈的日本呀！我去之后，你的海岸大约依旧是风光明媚，你的儿女大约依旧是荒淫无忌地过去的。天色的苍茫，海洋的浩荡，大约总不至因我之去而稍生变更的。我的同胞的青年，大约仍旧要上你这里来，继续了我的命运，受你的欺辱的。但是我的青春，我的在你这无情的地上花费了的青春！啊啊，枯死的青春呀，你大约总再也不能回复到我的身上来了吧！"

二十一日的早晨，我还在三等舱里做梦的时候，同舱的鲁君就跳到我的枕边上来说："到了到了！到门司了！你起来同我们上门司去吧！"

我乘的这只船，是经过门司不经过长崎的，所以门司，便是中途停泊的最后的海港；我从昨日酝酿成的那种伤感的情怀，听了门司两字，又在我的胸中复活了起来。一只手擦着眼睛，一只手捏了牙刷，我就跟了鲁君走出舱来。淡蓝的天色，已经被赤热的太阳光线笼罩了东方半角。平静无波的海上，贯流着一种夏天早晨特有的清新的空气。船的左右岸有几堆同青螺似的小岛，受了朝阳的照耀，映出了一种浓润的绿色。前面去左船舷不远的地方有一条翠绿的横山，山上有两株无线电报的电杆，突出在碧落的背景里；这电杆下就是门司港市了。船又行进了三五十分钟，回到那横山正面的时候，我只见无数的人家，无数的工厂烟囱，无数的船舶和桅杆，纵横错落的浮映在天水中间的太阳光线里，船已经到了门司了。

门司是此次我的脚所践踏的最后的日本土地，上海虽然有日本的居民，天津汉口杭州虽然有日本的租界，但是日本的本土，怕今后与我便无缘分了。因为日本是我所最厌恶的土地，所以今后大约我总不至于再来的。因为我是无产阶级的一介分子，所以将来大约我总不致坐在赴美国的船上，再向神户横滨来泊船的。所以我可以说门司便是此次我的脚所践踏的最后的日本土地了。

我因为想深深地尝一尝这最后的伤感的离情，所以衣服也不换，面也不洗，等船一停下，便一个人跳上了一只来迎德国人的小汽船，跑上岸上去了。小汽船的速力，在海上振动了周围清新的空气，我立在船头上觉得一种微风同妇人的

第三章　人生的无常

气息似的吹上了我的面来。蓝碧的海面上，被那小汽船冲起了一层波浪，汽船过处，现出了一片银白的浪花，在那里反射着朝日。

在门司海关码头上岸之后，我觉得射在灰白干燥的陆地路上的阳光，几乎要使我头晕；在海上不感得的一种闷人的热气，一步一步地逼上我的面来，我觉得我的鼻上有几颗珍珠似的汗珠滚出来了；我穿过了门司车站的前庭，便走进狭小的锦町街上去。我想永久将去日本之先，不得不买一点什么东西，作作纪念，所以在街上走了一回，我就踏进了一家书店。新刊的杂志有许多陈列在那里，我因为不想买日本诸作家的作品，来培养我的创作能力，所以便走近里面的洋书架去。小泉八云Lafcadio Hearn的著作，Modern Library的丛书占了书架的一大部分，我细细地看了一遍，觉得与我这时候的心境最适合的书还是去年新出版的John Paris的那本Kimono（日本衣服之名）。

我将要离去日本了，我在沦亡的故国山中，万一同老人追怀及少年时代的情人一般，有追思到日本的风物的时候，那时候我就可拿出几本描写日本的风俗人情的书来赏玩。这书若是日本人所著，他的描写，必至过于真确，那时候我的追寻远地的梦幻心境，倒反要被那真实粗暴的形象所打破。我在那时候若要在沙上建筑蜃楼，若要从梦里追寻生活，非要读读朦胧奇特、富有异国情调的，那些描写月下的江山，追怀远地的情事的书类不可；从此看来，这Kimono便是与这境状最适合的书了，我心里想了一遍，就把Kimono买了。从书店出来又在狭小的街上的暑热的太阳光里走了一段，我就忍了热从锦町三丁目走上幸町的通里山的街上去。幸町是三弦酒肉的巢窟，是红粉胭脂的堆栈，今天正好像是大扫除的日子，那些调和性欲，忠诚于她们的天职的妓女，都裸了雪样的洁白，风样的柔嫩的身体，在那里打扫，啊啊，这日本的最美的春景，我今天看后，怕也不能多看了。

　　我在一家姓安东的妓家门前站了一忽，同饥狼似的饱看了一回烂熟的肉体，便又走下幸町的街路，折回到了港口。路上的灰尘和太阳的光线，逼迫我的身体，致我不得不向咖啡店去休息一场；我在去码头不远的一家下等的酒店坐下的时候，身体也真疲劳极了。

　　喝了一大瓶啤酒，吃了几碗日本固有的菜，我觉得我的消沉的心里，也生了一点兴致出来，便想尽我所有的金钱，上妓家去瞎闹一场；但拿出表来一看，已经过十二点了，船是午后二点钟就要拔锚的。

我出了酒店，手里拿了一本Kimono，在街上走了两步，就把游荡的邪心改过，到浴场去洗了一个澡，因以涤尽了十几年来，堆叠在我这微躯上的日本的灰尘与恶土。

上船的时候，已经是午后一点半了。三十分后开船的时候，我和许多去日本的中国人和日本人立在三等舱外甲板上的太阳影里看最后的日本的陆地。门司的人家远去了，工场的烟囱也看不清楚了，近海岸的无人绿岛也一个一个地少下去了，我正在出神的时候，忽听一等舱的船楼上有清脆的妇人声在那里说话：我抬起头来一看，见有一个年约十八九岁的中西杂种的少女，立在船楼的栏杆边上，在那里和一个红脸肥胖的下劣西洋人说话。那少女皮肤带着浅黑色，眼睛凹在鼻梁的两边，鼻尖高得很，瞳仁带些微黄，但仍是黑色；头发用烙铁烫过，有一圈珍珠，戴在蓬蓬的发下。她穿的是黄白薄绸的一件西洋的夏天女服，双袖短得很，她若把手与肩胛平张起来，你从袖口能看得出她腋下的黑影，和胸前的乳头来。她的颈项下的前后又裸着两块可爱的黄黑色的肥肉。下面穿的是一条短短的围裙，她的瘦长的两条腿露出在鱼白的湖绉裙下。从玄色的丝袜里蒸发出来的她的下体的香味，我好像也闻得出来的样子。看看她那微笑的短短的面貌，和一排洁白的牙齿，我恨不得拿出一把手枪来，把那同禽兽似的西洋人击杀了。

"年轻的少女呀，我的半同胞呀！你母亲已经为他们异类的禽兽玷污了，你切不可再与他们接近才好呢！我并不想你，我并不在这里贪你的姿色；但是，但是像你这样的美人，万一被他们同野兽一样的西洋人蹂躏了去，叫我如何能堪呢！你那柔软黄黑的肉体被那肥胖和雄猪似的洋人压着的光景，我便在想象的时候，也觉得眼睛里要喷出火来。少女呀少女！我并不要你爱我，我并不要你和我同梦。我只求你别把你的身体送给异类的外人去享乐就对了。我们中国也有美男子，我们中国也有同黑人一样强壮的伟男子，我们中国也有几千万几万万家财的富翁，你何必要接近外国人呢！啊啊，中国可亡，但是中国的女子是不可被他们外国人强奸去的。少女呀少女！你听了我的这哀愿吧！"

我的眼睛呆呆地在那里看守她那颧骨微突嘴巴狭小的面貌，我的心里同跪在圣女玛利亚像前面的旧教徒一样，尽在那里念这些祈祷。感伤的情怀，一时征服了我的全体，我觉得眼睛里酸热起来，她的面貌，就好像有一层veil罩着的样子，也渐渐地朦胧起来了。

海上的景物也变了。近处的小岛完全失去了影子，空旷的海面上，映着了夕照，远远里浮出了几处同眉黛似的青山；我在甲板上立得不耐烦起来，就一声也不响，低了头，回到了舱里。

太阳在西方海面上沉没了下去，灰黑的夜阴从大海的四角里聚集了拢来，我吃完了晚饭，仍复回到甲板上来，立在那少女立过的楼底直下。我仰起头来看看她立过的地方，心里就觉得悲哀起来，前次的纯洁的心情，早已不复在了，我心里只暗暗地想："我的头上那一块板，就是她曾经立过的地方。啊啊，要是她能爱我，就叫我用无论什么方法去使她快乐，我也愿意的。啊啊，所罗门当日的荣华，比到纯洁的少女的爱情，只值得什么？事也不难，她立在我头上板上的时候，我只须用一点奇术，把我的头一寸一寸地伸长起来，钻过船板去就对了。"想到了这里，我倒感着了一种滑稽的快感；但看看船外灰黑的夜阴，我觉得我的心境也同白日的光明一样，一点一点被黑暗腐蚀了。

我今后的黑暗的前程，也想起来了。我的先辈回国之后，受了故国社会的虐待，投海自尽的一段哀史，也想起来了。"我在那无情的岛国上，受了十几年的苦，若回到故国之后，仍不得不受社会的虐待，教我如何是好呢！日本的少女轻侮我，欺骗我时，我还可以说'我是为人在客'，若故国的少女，也同日本妇人一样的欺辱我的时候，我更有什么话说呢！你看那euroasian不是已在那里轻侮我了么？她不是已经不承认我的存在了么？唉，唉，唉，唉，我错了，我错了，我是不该回国来的。一样地被人虐待，与其受故国同胞的欺辱，倒还不如受他国人的欺辱更好自家宽慰些。"我走近船舷，向后面我所别来的国土一看，只见得一条黑线，隐隐地浮在东方的苍茫夜色里。我心里只叫着说："日本呀日本，我去了。我死了也不再回到你这里来了。但是，但是我受了故国社会的压迫，不得不自杀的时候，最后浮上我的脑子里来的，怕就是你这岛国哩！Avé Japon！我的前途正黑暗得很呀！"

一九二二年七月二十六日于上海（原载并据一九二四年二月二十八日《创造季刊》第二卷第二期）

寄给一个失恋人的信（节选）

（文 / 梁遇春）

秋心：

在我心境万分沉闷的时候，接到你由艳阳的南方来的信，虽然只是潦草几行，所说的又是凄凉酸楚的话，然而我眉开眼笑起来了。我不是因为有个烦恼伴侣，所以高兴。真真尝过愁绪的人，是不愿意他的朋友也挨这刺心的苦痛。那个躺在床上呻吟的病人，会愿意他的家人来同病相怜呢?何况每人有自各的情绪，天下绝找不出同样烦闷的人们。可是你的信，使我回忆到我们的过去生活；从前那种天真活泼充满生机的日子却从时光宝库里发出灿烂的阳光，我这彷徨怅惘的胸怀也反照得生气勃勃了。

你信里很有流水年华，春花秋谢的感想。这是人们普遍都感到的。我还记得去年读Arnold Bennett[1]的*The Old*

1　Arnold Bennett：阿诺德·本涅特（1867—1931），20世纪初英国杰出的现实主义作家，一生著作颇丰，尤以小说见长。

Wives' Tale[1]最后几页的情形。那是在个静悄悄的冬夜，电灯早已暗了，烛光闪着照那已熄的火炉。书中是说一个老妇人在她丈夫死去那夜的悲哀。"最感动她心的是他曾经年青过，渐渐的老了，现在是死了。他一生就是这么一回事。青春同壮年总是这么结局。什么事情都是这么结局。"Bennett到底是写实派第一流人物，简简单单几句话把老寡妇的心事写得使我们不能不相信。我当时看完了那末章，觉有个说不出的失望，痴痴的坐着默想，除了渺茫，惨淡，单调，无味，……几个零碎感想外，又没有什么别的意思。以后有时把这些话来咀嚼一下，又生出赞美这青春同逝水一般流去了的想头。假使世上真有驻颜的术，不老的丹，Oscar Wilde[2]的Dorian Gray[3]的梦真能实现，每人都有无穷的青春，那时我们的苦痛比现在恐怕会好得多些，另外有"青春的悲哀"了。本来青春的美就在它那种蜻蜓点水燕子拍绿波的同我们一接近就跑去这一点。看着青春的易逝，才觉得青春的

1　The Old Wives' Tale：《老妇谭》。

2　Oscar Wilde：奥斯卡·王尔德（1854—1900），19世纪英国（准确来讲是爱尔兰，但是当时由英国统治）最伟大的作家与艺术家之一，以其剧作、诗歌、童话和小说闻名，唯美主义代表人物。

3　Dorian Gray：道林·格雷，英国作家奥斯卡·王尔德的小说《道林·格雷的画像》笔下的人物。

可贵，因此也更想能够在这一去不返的瞬间里得到无穷的快乐。所以在青春时节我们特别有生气，一颗心仿佛是清早的花园，张大了瓣吸收朝露。青春的美大部分就存在着这种努力享乐惟恐不及生命力的跳跃。若使每人前面全现一条不尽的花草缤纷的青春的路，大家都知道青春是常住的，没有误了青春的可怕，谁天天也懒洋洋起来了。青春给我们一抓到，它的美就失丢了，同肥皂泡子相象，只好让它在空中飞翔，将青天红楼全缩映在圆球外面，可是我们的手一碰，立刻变为乌有了。

就说是对这呆板不变的青春，我们仍然能够有些赞赏，不断单调的享乐也会把人弄烦腻了，天下没整天吃糖口胃不觉难受的人了。而且把青春变成家常事故，它的浪漫飘渺的美丽也全不见了。本来人活着精神物质方面非动不可，所以在对将来抱着无限希望同捶心跌脚追悔往事，或者回忆从前黄金时代这两个心境里，生命力是不停地奔驰，生活也觉得丰富，而使精神往来享受现在是不啻叫血管不流一般地自杀政策，将生命的花弄枯萎了。不同外河相通的小池终免不了变成秽水，不同别人生同情的心总是枯涸无聊。没有得到爱的少年对爱情是毛病的，做黄金好梦的恋人是充满了欢欣，失恋人同结婚不得意的人在极端失望里爆发出一线对爱情依依不舍的爱恋，和凤凰烧死后又振翼复活再度幼年的时光一样。只有结婚后觉得满意的人是最苦痛的，他们达到日日企望的地方，却只觉空虚渐渐的涨大，说不出所以然来，也想不来一个比他们现状再好的境界，对人生自然生淡了，一切的力气免不了麻痹下去。人生最怕的是得意，使人精神废驰，一切灰心的事情无过于不散的筵席。你还记得前年暑假我们一块划船谈Wordsworth诗的快乐罢?那时候你不是极赞美他那首Yarrow　Unvisited说我们应当不要走到尽头，高声地唱：

Twill soothe us in our sorrow

That earth has something yet to show,

The bonny holms of Yarrow!

青春之所以可爱也就在它给少年以希望，赠老年以惆怅。(安慰人的能力同希望差不多，比心满意足，登高山洒几滴亚历山大的泪的空虚是好几万倍了。)好多人埋怨青春骗了我们，先允许我们一个乐园，后来毫不践言只送些眼泪同长叹。然而这正是青春的好处，它这样子供给我们语气，不至于陷于颇偿了的无为。希望的妙处全包含在它始终是希望这样事里面，若使个希望都化做铁硬的事实，那样什么趣味一笔勾销了的世界还有谁愿意住吗?所以年青人可以唱恋爱的歌，失恋人同死了爱人的人也做得出很好失望(希望的又一变相，骨子里差不多的东西)同悼亡的诗，只有那在所谓甜蜜家庭两人互相妥协着的人们心灵是化作灰烬。Keats在情诗中歌颂死同日本人无缘无故地相约情死全是看清楚此中奥妙后的表现。他们只怕青春的长留着，所以用死来划断这青春黄金的线。这般情感锐敏的人若生在青春常住的世界，他们的受难真不是言语所能说。这些话不是我有意要慰解你才说的，这的确我自己这么相信。春花秋谢，谁看着免不了嗟叹。然而假设花老是这么娇红欲滴的开着春天永久不离大地，这种雕刻似的死板板的美景更会令人悲伤。因为变更是宇宙的原则，也可算做赏美中一般重要成分。并且春天既然是老滞在人间，我们也跟着失丢了每年一度欢迎春来热烈的快乐。由美神经灵敏人看来，残春也别有它的好处，甚至比艳春更美，为的是里面带种衰颓的色调，互相同春景对照着，十分地显出那将死春光的欣欣生意。夕阳所以"无限好"，全靠着"近黄昏"。让瞥眼过去的青春长留个不灭的影子在心中，好像Pompeii[1]废墟，劫后余烬，有人却觉得比完整建筑还好。若使青春的失丢，真是件惨事，倚着拐杖的老头也不会那么笑嘻嘻地说他们的往事了。

1　Pompeii：庞贝古城。

快　乐

（文／梁实秋）

天下最快乐的事大概莫过于作皇帝。"首出庶物，万国咸宁。"至不济可以生杀予夺，为所欲为。至于后宫粉黛三千，御膳八珍罗列，更是不在话下。清乾隆皇帝，"称八旬之觞，镌十全之宝"，三下江南，附庸风雅。那副志得意满的神情，真是不能不令人兴起"大丈夫当如是也"的感喟。

在穷措大眼里，九五之尊，乐不可支。但是试问古今中外的皇帝于地下，问他们一生中是否全是快乐，答案恐怕相当复杂。

西班牙国王拉曼三世（abderrahman Ⅲ，960）说过这么一段话：

> 我于胜利与和平之中统治全国约50年，为臣民所爱戴，为敌人所畏惧，为盟友所尊敬。财富与荣誉，权力与享受，呼之即来，人世间的福祉，从不缺乏。在这情形之中，我曾勤加计算，我一生中纯粹的真正幸福日子，总共仅有14天。

御宇50年，仅得14天真正幸福日子。我相信他的话。宸谟睿略，日理万机，很可能不如闲云野鹤之怡然自得。

于此我又想起从一本英语教科书上读到的一篇寓言。题目是《一个快乐人的衬衫》。某国王，端居大内，抑郁寡欢，虽极耳目声色之娱，而王终不乐。左右纷纷献计，有一位大臣言道：如果在国内找到一位快乐的人，把他的衬衫脱下来，给国王穿上，国王就会快乐。王韪其言，于是使者四出寻找快乐的人。访遍了朝廷显要，朱门豪家，人人都有心事，家家都有一本难念的经，都不快乐。最后找到一位农夫，他耕罢在树下乘凉，裸着上身，大汗淋漓。使者问他："你快乐么？"农夫说："我自食其力，无忧无虑！快乐极了！"使者大喜，便索取他的衬衣。农夫说："哎呀！我没有衬衣。"这位农夫颇似我们禅门之"一丝不挂"。

常言道，"境由心生"，又说"心本无生因境有"。总之，快乐是一种心理状态。内心泰然，则无往而不乐。吃饭睡觉，稀松平常之事，但是其中大有道理。大珠《顿悟入道要门论》：

有源律师来问："和尚修道，还用功否？"师曰："用功。"曰："如何用功？"师曰："饥来吃饭，困来即眠。"曰："一切人总如是，同师用功否？"师曰："不同。"曰："何故不同？"师曰："他吃饭时不肯吃饭，百种须索，睡时不肯睡，千般计较。所以不同也。"律师杜口。

可是修行到心无挂碍，却不是容易事。我认识一位唯心论的学者，平素昌言意志自由，忽然被人绑架，系于暗室十有余日，备受凌辱，释出后他对我说："意志自由固然不诬，但是如今我才知道身体自由更为重要。"

常听人说烦恼即菩提，我们凡人遇到烦恼只是深感烦恼，不见菩提。

快乐是在心里，不假外求，求即往往不得，较为烦恼。

叔本华的哲学是：苦痛乃积极的实在的东西，幸福快乐乃消极的根本不存在的东西。所谓快乐幸福乃是解除苦痛之谓。没有苦痛便是幸福。再进一步看，没有苦痛在先，便没有幸福在后。梁任公先生曾说："人生最快乐的事，莫过于看着一件工作的完成。"在工作过程之中，有苦恼也有快乐，等到大功告成，那一份"如愿以偿"的快乐便是至高无上的幸福了。

第三章 人生的无常

有时候，只要把心胸敞开，快乐也会逼人而来。这个世界，这个人生，有其丑恶的一面，也有其光明的一面。

良辰美景，赏心乐事，随处皆是。智者乐水，仁者乐山。雨有雨的趣，晴有晴的妙。小鸟跳跃啄食，猫狗饱食酣睡，哪一样不令人看了觉得快乐？就是在路上，在商店里，在机关里，偶尔遇到一张笑容可掬的脸，能不令人快乐半天？有一回我住进了医院里，僵卧了十几天，病愈出院，刚迈出大门，陡见日丽中天，阳光普照，照得我睁不开眼，又见市廛熙攘，光怪陆离，我不由得从心里欢叫起来："好一个艳丽盛装的世界！"

"幸遇三杯酒美，况逢一朵花新？"我们应该快乐。

生 机

（文 / 丰子恺）

去年除夜买的一球水仙花，养了两个多月，直到今天方才开花。

今春天气酷寒，别的花木萌芽都迟，我的水仙尤迟。因为它到我家来，遭了好几次灾难，生机被阻抑了。

第一次遭的是旱灾，其情形是这样：它于去年除夕到我家，当时因为我的别寓里没有水仙花盆，我特为跑到磁器店去买一只纯白的磁盘来供养它。这磁盘很大、很重，原来不是水仙花盆。据磁器店里的老头子说，它是光绪年间的东西，是官场中请客时用以盛某种特别肴馔的家伙。只因后来没有人用得着它，至今没有卖脱。

我觉得普通所谓水仙花盆，长方形的、扇形的，在过去的中国画里都已看厌了，而且形式都不及这家伙好看。就假定这家伙是为我特制的水仙花盆，买了它来，给我的水仙花配合，形状色彩都很调和。看它们在寒窗下绿白相映，素艳可喜，谁相信这是官场中盛酒肉的东西？

可是它们结合不到一个月，就要别离。为的是我要到石门湾去过阴历年，预期在缘缘堂住一个多月，希望把这水仙花带回去，看它开好才好。

如何带法？颇费踌躇：叫工人阿毛拿了这盆水仙花乘火车，恐怕有人说阿毛提倡风雅；把他装进皮箱里，又不可能。于是阿毛提议："盘儿不要它，水仙花拔起来装在饼干箱里，携了上车，到家不过三四个钟头，不会旱杀的。"我通过了。水仙就与盘暂别，坐在饼干箱里旅行。

回到家里，大家纷忙得很，我也忘记了水仙花。三天之后，阿毛突然说起，我猛然觉悟，找寻它的下落，原来被人当作饼干，搁在石灰甏上。连忙取出一看，绿叶憔悴，根须焦黄。阿毛说："勿碍。"立刻把它供养在家里旧有的水仙花盆中，又放些白糖在水里。幸而果然勿碍，过了几天它又欣欣向荣了。是为第一次遭的旱灾。

第二次遭的是水灾，其情形是这样：家里的水仙花盆中，原有许多色泽很美丽的雨花台石子。有一天早晨，被孩子们发见了，水仙花就遭殃：他们说石子里统是灰尘，埋怨阿毛不先将石子洗净，就代替他做这番工作。他们把水仙花拔起，暂时养在脸盆里，把石子倒在另一脸盆里，掇到墙角的太阳光中，给它们一一洗刷。

雨花台石子浸着水，映着太阳光，光泽、色彩、花纹，都很美丽。有几颗可以使人想象起"通灵宝玉"来。看的人越聚越多，孩子们尤多，女孩子最热心。她们把石子照形状分类，照色彩分类，照花纹分类；然后品评其好坏，给每块石子打起分数来；最后又利用其形色，用许多石子拼起图案来。图案拼好，她们自去吃年糕了；年糕吃好，她们又去踢毽子了；毽子踢好，她们又去散步了。

直到晚上，阿毛在墙角发见了石子的图案，叫道："咦，水仙花哪里去了？"东寻西找，发见它横卧在花台边上的脸盆中，浑身浸在水里。自晨至晚，浸了十来小时，绿叶已浸得发肿，发黑了！阿毛说："勿碍。"再叫小石子给它扶持，坐在水仙花盆中。是为第二次遭的水灾。

第三次遭的是冻灾，其情形是这样的：水仙花在缘缘堂里住了一个多月。其间春寒太甚，患难迭起。其生机被这些天灾人祸所阻抑，始终不能开花。直到我要离开缘缘堂的前一天，它还是含苞未放。我此去预定暮春回来，不见它开花又不甘心，以问阿毛。

阿毛说："用绳子穿好，提了去！这回不致忘记了。"

我赞成。于是水仙花倒悬在阿毛的手里旅行了。

它到了我的寓中，仍旧坐在原配的盆里。雨水过了，不开花。惊蛰过了，又不开花。阿毛说："不晒太阳的缘故。"

就掇到阳台上，请它晒太阳。今年春寒殊甚，阳台上虽有太阳光，同时也有料峭的东风，使人立脚不住。所以人都闭居在室内，从不走到阳台上去看水仙花。房间内少了一盆水仙花也没有人查问。

直到次日清晨，阿毛叫了："啊哟！昨晚水仙花没有拿进来，冻杀了！"

一看，盆内的水连底冻，敲也敲不开；水仙花里面的水分也冻，其鳞茎冻得像一块白石头，其叶子冻得像许多翡翠条。

赶快拿进来，放在火炉边。久之久之，盆里的水溶了，花里的水也溶了；但是叶子很软，一条一条弯下来，叶尖儿垂在水面。

阿毛说："乌者。"我觉得的确有些儿"乌"，但是看它的花蕊还是笔挺地立着，想来生机没有完全丧尽，还有希望。以问阿毛，阿毛摇头，随后说："索性拿到灶间里去，暖些，我也可以常常顾到。"我赞成。

垂死的水仙花就被从房中移到灶间。是为第三次遭的冻灾。

　　谁说水仙花清？它也像普通人一样，需要烟火气的。自从移入灶间之后，叶子渐渐抬起头来，花苞渐渐展开。

　　今天花儿开得很好了！阿毛送它回来，我见了心中大快。此大快非仅为水仙花。

　　人间的事，只要生机不灭，即使重遭天灾人祸，暂被阻抑，终有抬头的日子。

　　个人的事如此，家庭的事如此，国家、民族的事也如此。

1936年3月

给盲童朋友

（文 / 史铁生）

各位盲童朋友，我们是朋友。我也是个残疾人，我的腿从21岁那年开始不能走路了，到现在，我坐着轮椅又已经度过了21年。残疾送给我们的困苦和磨难，我们都心里有数，所以不必说了。以后，毫无疑问，残疾还会一如既往地送给我们困苦和磨难，对此我们得有足够的心理准备。我想，一切外在的艰难和阻碍都不算可怕，只要我们的心理是健康的。

譬如说，我们是朋友，但并不因为我们都是残疾人我们才是朋友，所有的健全人其实都是我们的朋友，一切人都应该是朋友。残疾是什么呢？残疾无非是一种局限。你们想看而不能看。我呢，想走却不能走。那么健全人呢，他们想飞但不能飞——这是一个比喻，就是说健全人也有局限，这些局限也送给他们困苦和磨难。很难说，健全人就一定比我们活得容易，因为痛苦和痛苦是不能比出大小来的，就像幸福和幸福也比不出大小来一样。

痛苦和幸福都没有一个客观标准，那完全是自我的感受。因此，谁能够保持不屈的勇气，谁就能更多地感受到幸福。生命就是这样一个过程，一个不断超越自身局限的过程，这就是命运，任何人都是一样。在这过程中我们遭遇痛苦，超越局限，从而感受幸福。所以一切人都是平等的，我们毫不特殊。

我们残疾人最渴望的是与健全人平等。那怎么办呢？我想，平等不是可以吃或可以穿的身外之物，它是一种品质，或者一种境界，你有了你就不用别人送给你，你没有，别人也无法送给你。怎么才能有呢？只要消灭了"特殊"，平等自然而然就会来了。就是说，我们不因为身有残疾而有任何特殊感。我们除了比别人少两条腿或少一双眼睛之外，除了比别人多一辆轮椅或多一根盲杖之外，再不比别人少什么和多什么，再没有什么特殊于别人的地方。我们不因为残疾就忍受歧视，也不因为残疾去摘取殊荣。如果我们干得好别人称赞我们，那仅仅是因为我们干得好，而不是因为我们事先已经有了被称赞的优势。我们靠货真价实的工作赢得光荣。

当然，我们也不能没有别人的帮助，自尊不意味着拒绝别人的好意。只想帮助别人而一概拒绝别人的帮助，那不是强者，那其实是一种心理的残疾，因为事实上，世界上没有任何人不需要别人的帮助。

我们既不能忘记残疾朋友，又应该努力走出残疾人的小圈子，怀着博大的爱心，自由自在地走进全世界，这是克服残疾、超越局限的最要紧的一步。

一九九三年

傅雷家书三则

（文 / 傅雷）

一九五四年四月七日

记得我从十三岁到十五岁，念过三年法文；老师教的方法既有问题，我也念得很不用功，成绩很糟（十分之九已忘了）。从十六岁到二十岁在大同改念英文，也没念好，只是比法文成绩好一些。二十岁出国时，对法文的知识只会比你的现在的俄文程度差。到了法国，半年之间，请私人教师与房东太太双管齐下补习法文，教师管读本与文法，房东太太管会话与发音，整天的改正，不用上课方式，而是随时在谈话中纠正。半年以后，我在法国的知识分子家庭中过生活，已经一切无问题。十个月以后开始能听几门不太难的功课。可见国外学语文，以随时随地应用的关系，比国内的进度不啻一与五六倍之比。这一点你在莫斯科遇到李德伦时也听他谈过。我特意跟你提，为的是要你别把俄文学习弄成"突击式"。一个半月之间念完文法，这是强记，决不能消化，而且过了一晌大半会忘了的。我认为目前主要是抓住俄文的要点，学得慢一些，但所学的必须牢记，这样才能基础扎实。贪多务得是没用的，反而影响钢琴业务，甚至使你身心困顿，一空下来即昏昏欲睡。——这问题希望你自己细细想一想，想通了，就得下决心更改方法，与俄文老师细细商量。一切学问没有速成的，尤其是语言。倘若你目前停止上新课，把已学的从头温一遍，我敢断言你会发觉有许多已经完全忘了。

你出国去所遭遇的最大困难，大概和我二十六年前的情形差不多，就是对所在国的语言程度太浅。过去我再三再四强调你在京赶学理论，便是为了这个缘故。倘若你对理论有了一个基本概念，那末日后在国外念的时候，不至于语言的困难加上乐理的困难，使你对乐理格外觉得难学。换句话说：理论上先略有门径之后，在国外念起来可以比较方便些。可是你自始至终没有和我提过在京学习理论的情形，连是否已开始亦未提过。我只知道你初到时因罗君[1]患病而搁置，以后如何，虽经我屡次在信中问你，你也没复过一个

---

1 罗君：即我国著名作曲家罗忠镕同志。

字。——现在我再和你说一遍：我的意思最好把俄文学习的时间分出一部分，移作学习乐理之用。

提早出国，我很赞成。你以前觉得俄文程度太差，应多多准备后再走。其实像你这样学俄文，即使用最大的努力，再学一年也未必能说准备充分，——除非你在北京不与中国人来往，而整天生活在俄国人堆里。

自己责备自己而没有行动表现，我是最不赞成的。这是做人的基本作风，不仅对某人某事而已，我以前常和你说的，只有事实才能证明你的心意，只有行动才能表明你的心迹。待朋友不能如此马虎。生性并非"薄情"的人，在行动上做得跟"薄情"一样，是最冤枉的，犯不着的。正如一个并不调皮的人耍调皮而结果反吃亏，一个道理。

一切做人的道理，你心里无不明白，吃亏的是没有事实表现；希望你从今以后，一辈子记住这一点。大小事都要对人家有交代！

其次，你对时间的安排，学业的安排，轻重的看法，缓急的分别，还不能有清楚明确的认识与实践。这是我为你最操心的。因为你的生活将来要和我一样的忙，也许更忙。不能充分掌握时间与区别事情的缓急先后，你的一切都会打折扣。所以有关这些方面的问题，不但希望你多听听我的意见，更要自己多想想，想过以后立刻想办法实行，应改的应调整的都应当立刻改，立刻调整，不以任何理由耽搁。

一九五四年九月二十一日晨

十二日信上所写的是你在国外的第一个低潮。这些味道我都尝过。孩子，耐着性子，消沉的时间，无论谁都不时要遇到，但很快会过去的。游子思乡的味道你以后常常会有呢。

华东美协为黄宾虹办了一个个人展览会，昨日下午举行开幕式，兼带座谈。我去了，画是非常好。一百多件近作，虽然色调浓黑，但是浑厚深沉得很，而且好些作品远看很细致，近看则笔头仍很粗。这种技术才是上品！我被赖少其（美协主席）逼得没法，座谈会上也讲了话。大概是：（1）西画与中画，近代已发展到同一条路上；（2）中画家的技术根基应向西画家学，如写生，写石膏等等；（3）中西画家应互相观摩、学习；（4）任何部门的艺术家都应对旁的艺术感到兴趣。发言的人一大半是颂扬作者，我觉得这不是座谈的意义。颂扬话太多了，听来真讨厌。

开会之前，昨天上午八点半，黄老先生就来我家。昨天在会场中遇见许多国画界的老朋友，如贺天健、刘海粟等，他们都说：黄先生常常向他们提到我，认为我是他平生一大知己。

这几日我又重伤风，不舒服得很。新开始的巴尔扎克，一天只能译二三页，真是蜗牛爬山！你别把"比赛"太放在心上。得失成败尽量置之度外，只求竭尽所能，无愧于心；效果反而好，精神上平日也可减少负担，上台也不致紧张。千万千万！

一九五四年十月二日

聪，亲爱的孩子。收到9月22日晚发的第六信，很高兴。我们并没为你前信感到什么烦恼或是不安。我在第八封信中还对你预告，这种精神消沉的情形，以后还是会有的。我是过来人，决不至于大惊小怪。你也不必为此担心，更不必硬压在肚里不告诉我们。心中的苦闷不在家信中发泄，又哪里去发泄呢？孩子不向父母诉苦向谁诉呢？我们不来安慰你，又该谁来安慰你呢？人一辈子都在高潮——低潮中浮沉，惟有庸碌的人，生活才如死水一般；或者要有极高的修养，方能廓然无累，真正的解脱。只要高潮不过分使你紧张，低潮不过分使你颓废，就好了。太阳太强烈，会把五谷晒焦；雨水太猛，也会淹死庄稼。我们只求心理相当平衡，不至于受伤而已。你也不是栽了筋斗爬不起来的人。我预料国外这几年，对你整个的人也有很大的帮助。这次来信所说的痛苦，我都理会得；我很同情，我愿意尽量安慰你、鼓励你。克利斯朵夫不是经过多少回这种情形吗？他不是一切艺术家的缩影与结晶吗？慢慢的你会养成另外一种心情对付过去的事：就是能够想到而不再惊心动魄，能够从客观的立场分析前因后果，做将来的借鉴，以免重蹈覆辙。一个人惟有敢于正视现实，正视错误，用理智分析，彻底感悟，才不至于被回忆侵蚀。我相信你逐渐会学会这一套，越来越坚强的。我以前在信中和你提过感情的ruin〔创伤，覆灭〕，就是要你把这些事当做心灵的灰烬看，看的时候当然不免感触万端，但不要刻骨铭心地伤害自己，而要像对着古战场一般的存着凭吊的心怀。倘若你认为这些话是对的，对你有些启发作用，那么将来在遇到因回忆而痛苦的时候（那一定免不了会再来的），拿出这封信来重读几遍。

说到音乐的内容，非大家指导见不到高天厚地的话，我也有另外的感触，就是学生本人先要具备条件：心中没有的人，再经名师指点也是枉然的。

伟大的事实 不朽的意义——给教导团诸君致敬

（文／闻一多）

正如日前天空中有一个人一生见不到一次的"白虹贯日"的异象显现，我却在屋子里乱忙，没有看见，我们也常常让伟大的历史从我们身边过去，当时漫不经心，却等事后再去追怀，向往，去悬旗，放假，在纪念会中慷慨陈词，溢洋赞叹。假如我们能将那份热情，就在当时，亲手献给那些活生生的历史英雄，说不定那对于他们更是一个实惠，他们带着那分慰藉与同情，在艰辛困苦的搏斗中，说不定会更有勇气，更有力量，能创造出更瑰伟的奇迹来。这次由青年知识分子组成的教导团第一团第一二三营诸君过昆飞印的壮举，无疑是伟大历史中最伟大的一页。它应当是这几日报纸上最大的标题，甚至号外的资料，它应该在举国若狂的欢呼与流泪中，接受更多的热，好叫它自己的成就发出更大的光。然而我们这生活在八股传统里的民族，只会在粉墙上写"好男儿，要当兵"一类的官样文章，等真正的"好男儿"

露了面反让他们悄悄的自来自去，连一个招呼也没有。试想这是一个什么国度！没有同情，没有热，是麻木不仁，还是忘恩负义？不过也许惟其如此，"好男儿"们才更觉可敬，可佩。伟大的永远是孤寂的。让千百年后流着感激的泪，腾起赞美的歌声，但在他们自己的岁月中，悄悄的自来自去，正是他们的风度。

旧式的营伍训练，目的只在教士兵的心理上消除恐惧，鼓起勇气，增加忿怒，盲目的服从长官。这些为旧式的战争，是足够的，但对于使用新式武器的新式的战争，就不适合了。据说机械化的进步产生了一种新的训练方法的需要，一个新式士兵必须知道如何同一小队士兵合作，如何作临机应变的决定，如何用自己的眼光来判断。只是听人指挥，受人驱策，说打就打，说死就死，像诗人邓尼孙在《六百壮士冲锋歌》里所说的一般，在九十年前行，今天在坦克车上，在装配机关枪的摩托车上，士兵也会打，也会死，但也要了解为何而打，为何而死。这种战争的变质，已够说明了为应付现阶段战争，我们兵员的来源应该在哪里。仅仅具有奋勇与耐劳等美德的从农民出身的战士，可以担当前几期抗战的任务，那便是消极的使我们少败一点的任务。但目前的工作，是与盟邦合作，运用真正近代的战术来积极的争取胜利，我们知道能担当这样工作的战士，除了上述诸美德外，还需要知识与机警。所以最有资格充当这种战士的，无非是青年知识分子。情势不许我们再弥留在少败一点的局面中，我们得赶紧攫取胜利，时机已经来到，我们非拿出"最后一张牌"不可，为了民族的永生，我们不能再吝惜我们最宝贵的血。果然知识青年认清了时代的使命，站起来了，承受了他们的责任，谈胜利，这才是我们最确切的胜利的保证。然而教导团的意义，还不止此。

在建国的工作中，如同在抗战的工作中一样，他们也享有不朽的光辉。因为我们知道战术的近代化不只在器械，也包括了运用器械的人，而人究竟比器械更重要，所以他们又实在代表了我们国防近代化的开端。以上关于教导团在抗战与建国工作上双重的军事意义，是比较浅而易见的，现在我们还指出另外两种也许更深远的意义。在二千年君主政治之下，国家的土地和与土地不能分离的生产奴隶——人民，都是帝王们的私产。奴隶照例得平时劳力，战时卖命，反正他们是工具，不是"人"。只有那由部分的没落的贵族，和部分的超升的奴隶组成的士大夫阶级，因为替帝王当管家，任官吏，而特蒙恩宠，他们才享受"人"的权利，既不必十分劳力，也不需要卖命。只是遇到财产的安全民生的问题，管家这才有时不能不在比较没有生命危险的"运筹帷幄"的方式之下，尽其捍卫之责，那便是所谓儒将了。这种工作其实并不是他们的职责，他们只是以"票友"的资格来参加的。至于那真正需要卖命的士卒的任务，自然更不在他们分内。所谓"好人不当兵"，便等于说"管家不管卖命"。

本来管的是旁人的家，为旁人的事卖自己的命，"好人"当然不干，所以自古只闻有儒将（数目也不太多），不闻有"儒兵"之称。这一切的症结只在国家的主人是帝王，在管家的看来，谁做主人都不是一样？犯得上为新旧主人间的厮杀，卖自己的命吗？但是如果谁自己想当主人，那情形就不同了，那他就不妨把自己的家族变成子弟兵，而自身也得身先士卒，做个卖命的表率。这一来。问题的真相便更明白了，要"好人"当兵，便非允许他做自家的主人不可。在原则上，辛亥革命以后，每一个中华民国的国民，已经取得了主人的资格，但打了七年仗，为什么直到最近，才有真正的"儒兵"出现呢？这可见我们的"好人"一生只以得到主人的名为满足，而不顾主人的实，所以他们既不愿意尽主人的义务，也不大关心于主人的权利。今天成千的青年知识分子，为了一个神圣的呼唤，站起来了，准备以他们那宝贵的"好人"的血捍卫他们自己的"家"，这是二千年来"好人"阶级第一次决心放弃"管家"的职业，亲身负起主人的责任。我们相信义务与权利之不可分离，有其绝对的必然性，所以我们看出成千的尽义务的身手，也就是讨权利的身手，正如那数目更为广大的在各级学校里尽义务的唇舌，也就是索权利的唇舌一样。

不要忽略知识青年从军的政治意义，这是民主怒潮中最英勇的急先锋。

先尽义务，不怕权利不来，人民进步了，政府也必然进步！

至于在主君政治下，那不属于管家阶级的不会想，不会讲的人群，在主人眼里原是附属于土地上的一种资产，既是资产，就可被爱惜，也可供挥霍，全凭主人的高兴，所以卖命几乎是这般人不容旁贷的责任。所谓"寓兵于农"，便等于说："劳了力的还要卖命，卖命的也要劳力。"

为什么没听说："寓兵于士"呢？是否"好人"既不屑劳力，更说不上卖命呢？好了，君主政治下是谈不到平等的，所以，我们要民主。但是中华民族抗战了七年，也还一向是某一种出身的人单独担任着"成仁"的工作，这是平等吗？姑无论在那种不平等的状态下，胜利未见真能到手，即令能够，这样的胜利，与其说是光荣，不如说是耻辱。因此我们又得感谢这群青年，耻辱已经由他们开始洗清了，他们已正式加入了伟大的行列，分担着艰难的责任。为了他们的行动，从今天起，中国人再无须有"好人"与"非好人"的表现，又是知识青年从军所代表的重大的社会意义，这一点也是我们不应忽略的。

知识青年从军运动刚在发轫的期间，它的规模还不够广大，但它的意义是深远的，而且是丰富的。如何爱护，并培养这个嫩芽，使它滋生，长大，开出灿烂的花，结成肥硕的果，这是国家，社会，尤其是该团各位长官的责任！

但是可爱的孩子们！你们脚下是草鞋，夜间只有一床军毯，你们脸上是什么？风尘，还是菜色？还有身上的，是疮疤，还是伤痕？然而我知道，你们还没上过战场！长官们，好生看着你们的孩子吧！他们的父母会心疼的，何况这些又是国家的光荣，民族的命脉呢！

从孩子得到的启示[1]

（文／丰子恺）

一

晚上喝了三杯老酒，不想看书，也不想睡觉，捉一个四岁的孩子华瞻来骑在膝上，同他寻开心。我随口问："你最喜欢甚么事？"

他仰起头一想，率然地回答："逃难。"

我倒有点奇怪："逃难"两字的意义，在他不会懂得，为甚么偏偏选择它？倘然懂得，更不应该喜欢了。我就设法探问他："你晓得逃难就是甚么？""就是爸爸、妈妈、宝姊姊、软软……娘姨，大家坐汽车，去看大轮船。"

啊！原来他的"逃难"的观念是这样的！他所见的"逃难"，是"逃难"的这一面！这真是最可喜欢的事！

一个月以前，上海还属孙传芳的时代，国民革命军将到

1　原载1927年7月10日《小说月报》第18卷第7号。

上海的消息日紧一日，素不看报的我，这时候也定一份《时事新报》，每天早晨看一遍。有一天，我正在看昨天的旧报，等候今天的新报的时候，忽然上海方面枪炮声响了，大家惊惶失色，立刻约了邻人，扶老携幼地逃到附近江湾车站对面的妇孺救济会里去躲避。其实倘然此地果真进了战线，或到了败兵，妇孺救济会也是不能救济的。

不过当时张遑失措，有人提议这办法，大家就假定它为安全地带，逃了进去。那里面地方大，有花园、假山、小川、亭台、曲栏、长廊、花树、白鸽，孩子一进去，登临盘桓，快乐得如入新天地了。忽然兵车在墙外过，上海方面的机关枪声、炮声，愈响愈近，又愈密了。大家坐定之后，听听，想想，方才觉得这里也不是安全地带，当初不过是自骗罢了。

有决断的人先出来雇汽车逃往租界。每走出一批人，留在里面的人增一次恐慌。我们集合邻人来商议，也决定出来雇汽车，逃到杨树浦的沪江大学。于是立刻把小孩们从假山中、栏杆内捉出来，装进汽车里，飞奔杨树浦了。

所以决定逃到沪江大学者，因为一则有邻人与该校熟识，二则该校是外国人办的学校，较为安全可靠。枪炮声渐远弱，到听不见了的时候，我们的汽车已到沪江大学。他们安排一个房间给我们住，又为我们代办膳食。傍晚，我坐在校旁黄浦江边的青草堤上，怅望云水遥忆故居的时候，许多小孩子采花、卧草，争看无数的帆船、轮船的驶行，又是快乐得如入新天地了。

次日，我同一邻人步行到故居来探听情形的时候，青天白日的旗子已经招展在晨风中，人人面有喜色，似乎从此可庆承平了。我们就雇汽车去迎回避难的眷属，重开我们的窗户，恢复我们的生活。

从此"逃难"两字就变成家人的谈话的资料。这是"逃难"。这是多么惊慌，紧张而忧患的一种经历！然而人物一无损丧，只是一次虚惊；过后回想，这回好似全家的人突发地出门游览两天。

我想假如我是预言者，晓得这是虚惊，我在逃难的时候将何等有趣！素来难得全家出游的机会，素来少有坐汽车、游览、参观的机会。那一天不论时，不论钱，浪漫地、豪爽地、痛快地举行这游历，实在是人生难得的快事！只有小孩子真果感得这快味！

他们逃难回来以后，常常拿香烟箧子来叠作栏杆、小桥、汽车、轮船、帆船；常常问我关于轮船、帆船的事；墙壁上及门上又常常有有色粉笔画的轮船、帆船、亭子、石桥的壁画出现。可见这"逃难"，在他们脑中有难忘的欢乐的印象。所以今晚我无端地问华瞻最欢喜甚么事，他立刻选定这"逃难"。原来他所见的，是"逃难"的这一面。

不止这一端：我们所打算、计较、争夺的洋钱，在他们看来个个是白银的浮雕的胸章；仆仆奔走的行人，血汗涔涔的劳动者，在他们看来都是无目的地在游戏，在演剧；一切建设，一切现象，在他们看来都是大自然的点缀，装饰。

唉！我今晚受了这孩子的启示了：他能撤去世间事物的因果关系的网，看见事物的本身的真相。他是创造者，能赋给生命于一切的事物。他们是"艺术"的国土的主人。唉，我要从他学习！

二

两个小孩子，八岁的阿宝与六岁的软软，把圆凳子翻转，叫三岁的阿韦坐在里面。她们两人同他抬轿子。不知哪一个人失手，轿子翻倒了。阿韦在地板上撞了一个大响头，哭了起来。乳母连忙来抱起。两个轿夫站在旁边呆看。乳母问："是谁不好？"

阿宝说："软软不好。"

软软说："阿宝不好。"

阿宝又说："软软不好，我好！"

软软也说："阿宝不好，我好！"

阿宝哭了，说："我好！"

软软也哭了，说："我好！"

他们的话由"不好"转到了"好"。乳母已在喂乳，见他们哭了，就从旁调解：

"大家好，阿宝也好，软软也好，轿子不好！"

孩子听了，对翻倒在地上的轿子看看，各用手背揩揩自己的眼睛，走开了。

孩子真是愚蒙。直说"我好"，不知谦让。所以大人要称他们为"童蒙"，"童昏"。要是大人，一定懂得谦让的方法：心中明明认为自己好而别人不好，口上只是隐隐地或转弯地表示，让众人看，让别人自悟。于是谦虚、聪明、贤惠等美名皆在我了。

讲到实在，大人也都是"我好"的。不过他们懂得谦让的一种方法，不像孩子直说出来罢了。谦让方法之最巧者，是不但不直说自己好，反而故意说自己不好。明明在谆谆地陈理说义，劝谏君王，必称"臣虽下愚"。明明在自陈心得，辩论正义，或惩斥不良，训诫愚顽，表面上总自称"不佞"，"不慧"，或"愚"。习惯之后，"愚"之一字竟通用作第一身称的代名词，凡称"我"处，皆用"愚"。常见自持正义而赤裸裸地骂人的文字函牍中，也称正义的自己为"愚"，而称所骂的人为"仁兄"。这种矛盾，在形式上看来是滑稽的；在意义上想来是虚伪的，阴险的。"滑稽"，"虚伪"，"阴险"，比较大人评孩子的所谓"蒙"，"昏"，丑劣得多了。

对于"自己"，原是谁都重视的。自己的要"生"，要"好"，原是普遍的生命的共通的大欲。今阿宝与软软为阿韦抬轿子，翻倒了轿子，跌痛了阿韦，是谁好谁不好，姑且不论，其表示自己要"好"的手段，是彻底的诚实，纯洁而不虚饰的。

我一向以小孩子为"昏蒙"。今天看了这件事，恍然悟到我们自己的昏蒙了。推想起来，他们常是诚实的，"称心而言"的；而我们呢，难得有一日不犯"言不由衷"的恶德！

唉！我们本来也是同他们那样的，谁造成我们这样呢？

一九二六年作

第四章　热望与梦想

在理想与事实起冲突时，错处不在事实而在理想。我们必须接受事实，理想与事实背驰时，我们应该改变理想。

我的梦想

（文／史铁生）

也许是因为人缺了什么就更喜欢什么吧，我的两条腿虽动不能动，却是个体育迷。我不光喜欢看足球、篮球以及各种球类比赛，也喜欢看田径、游泳、拳击、滑冰、滑雪、自行车和汽车比赛，总之我是个全能体育迷。当然都是从电视里看，体育馆场门前都有很高的台阶，我上不去。如果这一天电视里有精彩的体育节目，好了，我早晨一睁眼球觉得像过节一般，一天当中无论干什么心里都想着它，一分一秒都过得愉快。有时我也怕很多重大比赛集中在一天或几天（譬如刚刚闭幕的奥运会），那样我会把其他要紧的事都耽误掉。

其实我是第二喜欢足球，第三喜欢文学，第一喜欢田径。我能说出所有田径项目的世界纪录是多少，是由谁保持的，保持的时间长还是短。譬如说男子跳远纪录是由比蒙保持的，20年了还没有人能破，不过这事不大公平，比蒙是在地处高原的墨西哥城跳出这八米九零的，而刘易斯在平原跳出的八米七二事实上比前者还要伟大，但却不能算世界纪录。这些纪录是我顺便记住的，田径运动的魅力不在于记录，人反正是干不过上帝；但人的力量、意志和优美却能从那奔跑与跳跃中得以充分展现，这才是它的魅力所在，它比任何舞蹈都好看，任何舞蹈跟它比起来都显得矫揉造作甚至故弄玄虚。也许是我见过的舞蹈太少了。而你看刘易斯或者摩西跑起来，你会觉得他们是从人的原始中跑来，跑向无休止的人的未来，全身如风似水般滚动的肌肤就是最自然的舞蹈和最自由的歌。

　　我最喜欢并且羡慕的人就是刘易斯。他身高一米八八，肩宽腿长，像一头黑色的猎豹，随便一跑就是十秒以内，随便一跳就在八米开外，而且在最重要的比赛中他的动作也是那么舒展、轻捷、富于韵律，绝不像流行歌星们的唱歌，唱到最后总让人怀疑这到底是要干什么。不怕读者诸君笑话，我常暗自祈祷上苍，假若人真能有来世，我不要求别的，只要求有刘易斯那样一副身体就好。我还设想，那时的人又会普遍比现在高了，因此我至少要有一米九以上的身材；那时的百米速度也会普遍比现在快，所以我不能只跑九秒九几。作小说的人多是白日梦患者。好在这白日梦并不令我沮丧，我是因为现实的这个史铁生太令人沮丧，才想出这法子来给他宽慰与向往。我对刘易斯的喜爱和崇拜与日俱增。相信他是世界上最幸福的人。我想若是有什么办法能使我变成他，我肯定不惜一切代价；如果我来世能有那样一个健美的躯体，今天这一身残病的折磨也就得了足够的报偿。

奥运会上，约翰逊战胜刘易斯的那个中午我难过极了，心里别别扭扭别别扭扭的一直到晚上，夜里也没睡好觉。眼前老翻腾着中午的场面：所有的人都在向约翰逊欢呼，所有的旗帜与鲜花都向约翰逊挥舞，浪潮般的记者们簇拥着约翰逊走出比赛场，而刘易斯被冷落在一旁。刘易斯当时那茫然若失的目光就像个可怜的孩子，让我一阵阵的心疼。一连几天我都闷闷不乐，总想着刘易斯此刻会怎样痛苦；不愿意再看电视里重播那个中午的比赛，不愿意听别人谈论这件事，甚至替刘易斯嫉妒着约翰逊，在心里找很多理由向自己说明还是刘易斯最棒；自然这全无济于事，我竟似比刘易斯还败得惨，还迷失得深重。这岂不是怪事么？在外人看来这岂不是精神病么？我慢慢去想其中的原因。是因为一个美的偶像被打破了么？如果仅仅是这样，我完全可以惋惜一阵再去竖立起约翰逊嘛，约翰逊的雄姿并不比刘易斯逊色。是因为我这人太恋旧，骨子里太保守吗？可是我非常明白，后来者居上是最应该庆祝的事。或者是刘易斯没跑好让我遗憾？可是九秒九二是他最好的成绩。到底为什么呢？最后我知道了：我看见了所谓"最幸福的人"的不幸，刘易斯那茫然的目光使我的"最幸福"的定义动摇了继而粉碎了。上帝从来不对任何人施舍"最幸福"这三个字，他在所有人的欲望前面设下永恒的距离，公平地给每一个人以局限。如果不能在超越自我局限的无尽路途上去理解幸福，那么史铁生的不能跑与刘易斯的不能跑得更快就完全等同，都是沮丧与痛苦的根源。假若刘易斯不能懂得这些事，我相信，在前述那个中午，他一定是世界上最不幸的人。

在百米决赛后的第二天，刘易斯在跳远比赛中跳出了八米七二，他是个好样的。看来他懂，他知道奥林匹斯山上的神人为何而燃烧，那不是为了一个人把另一个人战败，而是为了有机会向诸神炫耀人类的不屈，命定的局限尽可永在，不屈的挑战却不可须臾或缺。我不敢说刘易斯就是这样，但我希望刘易斯是这样，我一往情深地喜爱并崇拜这样一个刘易斯。

这样，我的白日梦就需要重新设计一番了。至少我不再愿意用我领悟到的这一切，仅仅去换一个健美的躯体，去换一米九以上的身高和九秒七九乃至九秒六九的速度，原因很简单，我不想在来世的某一个中午成为最不幸的人；即使人可以跑出九秒五九，也仍然意味着局限。我希望既有一个健美的躯体又有一个了悟了人生意义的灵魂，我希望二者兼得。但是，前者可以祈望上帝的恩赐，后者却必须在千难万苦中靠自己去获取。我的白日梦到底该怎样设计呢？千万不要说，倘若二者不可兼得你要哪一个？不要这样说，因为人活着必要有一个最美的梦想。

后来知道，约翰逊跑出了九秒七九是因为服用了兴奋剂。对此我们该说什么呢？我在报纸上见了这样一个消息，他的牙买加故乡的人们说，"约翰逊什么时候愿意回来，我们都会欢迎他，不管他做错了什么事，他都是牙买加的儿子。"这几句话让我感动至深。难道我们不该对灵魂有了残疾的人，比对肢体有了残疾的人，给予更多的同情和爱吗？

1988年

第四章　热望与梦想

谈立志

（文 / 朱光潜）

人所以可贵，就在他不像猪豚，被饲而肥，他能够不安于污浊的环境，拿力量来改变它、征服它。

抗战以前与抗战以来的青年心理有一个很显然的分别：抗战以前，普通青年的心理变态是烦闷，抗战以来，普通青年的心理变态是消沉，烦闷大半起于理想与事实的冲突。在抗战以前，青年对于自己前途有一个理想，要有一个很好的环境求学，再有一个很好的职业做事；对于国家民族也有一个理想，要把侵略的外力打倒，建设一个新的社会秩序。这两种理想在当时都似很不容易实现，于是他们急躁不耐烦，失望，以至于苦闷。抗战发生时，我们民族毅然决然地拼全副力量来抵挡侵略的敌人，青年们都兴奋了一阵，积压许久的郁闷为之一畅。但是这种兴奋到现在似已逐渐冷静下去，国家民族的前途比从前光明，个人求学就业也比从前容易，虽然大家都硬着脖子在吃苦，可是振作的精神似乎很缺乏。在学校的学生们对功课很敷衍，出了学校就职业的人们对事业也很敷衍，对于国家大事和世界政局没有像从前那样关切。这是一个很可忧虑的现象，因为横在我们面前的还有比抗敌更艰难的局面，需要更坚决更沉着的努力来应付，而我们青年现在所表现的精神显然不足以应付这种艰难的局面。

如果换个方式来说，从前的青年人病在志气太大，目前的青年人病在志气太小，甚至于无志气。志气太大，理想过高，事实迎不上头来，结果自然是失望烦闷，志气太小，因循苟且，麻木消沉，结果就必至于堕落。所以我们宁愿青年烦闷，不愿青年消沉。烦闷至少是对于现实的欠缺还有敏感，还可以激起努力，消沉对于现实的欠缺就根本麻木不仁，决不会引起改善的企图。但是说到究竟，烦闷之于消沉也不过是此胜于彼，烦闷的结果往往是消沉，犹如消沉的结果往往是堕落。目前青年的消沉与前五六年青年的烦闷似不无关系。烦闷是耗费心力的，心力耗费完了，连烦闷也不曾有，那便是消沉。

一个人不会生来就烦闷或消沉的，因为人都有生气，而生气需要发扬，需要活动。有生气而不能发扬，或是活动遇到阻碍，才会烦闷和消沉。烦闷是感觉到困难，消沉是无力征服困难而自甘失败。这两种心理病态都是挫折以后的反应。一个人如果经得起挫折，就不会起这种心理变态。所谓经不起挫折，就是没有决心和勇气，就是意志薄弱。意志薄弱经不起挫折的人往往有一套自宽自解的话，就是把所有的过错都推诿到环境。明明是自己无能，而埋怨环境不允许我显本领；明明是自己甘心做坏人，而埋怨环境不允许我做好人。这其实是懦夫的心理，对于自己全不肯负责任。环境永远不会美满的，万一它生来就美满，人的成就也就无甚价值。人所以可贵，就在他不像猪豚，被饲而肥，他能够不安于污浊的环境，拿力量来改变它、征服它。

普通人的毛病在责人太严，责己太宽。埋怨环境还由于缺乏自省自责的习惯。自己的责任必须自己担当起，成功是我的成功，失败也是我的失败。每个人是他自己的造化主，环境不足畏，犹如命运不足信。我们的民族需要自力更生，我们每个人也是如此。我们的青年必须先有这种觉悟，个人和国家民族的前途才有希望。能责备自己，信赖自己，然后自己才会打出一个江山来。

我们有一句老话："有志者事竟成。"这话说得很好，古今中外在任何方面经过艰苦奋斗而成功的英雄豪杰都可以做例证。志之成就是理想的实现。人为的事实都必基于理想，没有理想决不能成为人为的事实。譬如登山，先须存念头去登，然后一步一步地走上去，最后才会达到目的地。如果根本不起登的念头，登的事实自无从发生。这是浅例。世间许多行尸走肉浪费了他们的生命，就因为他们对于自己应该做的事不起念头。许多以教育为事业的人根本不起念头去研究，许多以政治为事业的人根本不起念头为国民谋幸福。我们的文化落后，社会紊乱，不就由于这个极简单的原因么？这就是上文所谓"消沉"，"无志气"。"有志者事竟成"，无志者事就不成。

不过"有志者事竟成"一句话也很容易发生误解，"志"字有几种意义：一是念头或愿望（wish），一是起一个动作时所存的目的（purpose），一是达到目的的决心（will, determination）。譬如登山，先起登的念头，次要一步一步地走，而这走必步步以登为目的，路也许长，障碍也许多，须抱定决心，不达目的不止，然后登的愿望才可以实现，登的目的才可以达到。"有志者事竟成"的志，须包含这三种意义在内：第一要起念头，其次要认清目的和达到目的之方法，第三是抱必达目的之决心。很显然的，要事之成，其难不在起念头，而在目的之认识与达到目的之决心。

有些人误解立志只是起念头。一个小孩子说他将来要做大总统，一个乞丐说他成了大阔佬要砍他的仇人的脑袋，所谓"癞蛤蟆想吃天鹅肉"，完全不思量达到这种目的所必有的方法或步骤，更不抱定循这方法步骤去达到目的之决心，这只是狂妄，不能算是立志。世间有许多人不肯学乘除加减而想将来做算学的发明家，不学军事、学当兵打仗而想将来做大元帅东征西讨，不切实培养学问技术而想将来做革命家改造社会，都是犯这种狂妄的毛病。

如果以起念头为立志，则有志者事竟不成之例甚多。愚公尽可移山，精卫尽可填海，而世间却实有不可能的事情。我们必须承认"不可能"的真实性。所谓"不可能"，就是俗语所谓"没有办法"，没有一个方法和步骤去达到所悬想的目的。没有认清方法和步骤而想达到那个目的，那只是痴想而不是立志。志就是理想，而理想的理想必定是可实现的理想。理想普通有两种意义，一是"可望而不可攀，可幻想而不可实现的完美"，比如许多宗教都以长生不老为人生理想，它成为理想，就因为事实上没有人长生不老。理想的另一意义是"一个问题的最完美的答案"，或是"可能范围以内的最圆满的解决困难的办法"。比如长生不老虽非人力所能达到，而强健却是人力所能达到的，就人的能力范围来说，强健是一个合理的理想。这两种意义的分别在一个蔑视事实条件，一个顾到事实条件，一个渺茫无稽，一个有方法步骤可循。严格地说，前一种是幻想、痴想而不是理想，是理想都必顾到事实。在理想与事实起冲突时，错处不在事实而在理想。我们必须接受事实，理想与事实背驰时，我们应该改变理想。坚持一种不合理的理想而至死不变只是匹夫之勇，只是"猪武"。我特别着重这一点，因为有些道德家在盲目地说坚持理想，许多人在盲目地听。

我们固然要立志，同时也要度德量力。卢梭在他的教育名著《爱弥儿》里有一段很透辟的话，大意是说人生幸福起于愿望与能力的平衡。一个人应该从幼时就学会在自己能力范围以内起愿望，想做自己所能做的事，也能做自己所想做的事。这番话出诸浪漫色彩很深的卢梭尤其值得我们玩味。卢梭自己有时想入非非，因此吃过不少的苦头，这番话实在是经验之谈。许多烦闷，许多失败，都起于想做自己所不能做的事，或是不能做自己所想做的事。

志气成就了许多人，志气也毁坏了许多人。既是志，实现必不在目前而在将来。许多人拿立志远大做借口，把目前应做的事延宕贻误。尤其是青年们欢喜在遥远的未来摆一个黄金时代，把希望全寄托在那上面，终日沉醉在迷梦里，让目前宝贵的时光与机会错过，徒贻后日无穷之悔。我自己从前有机会学希腊文和意大利文时，没有下手，买了许多文法读本，心想到四十岁左右时当有闲暇岁月，许我从容自在地自修这些重要的文字，现在四十过了几年了，看来这一生似不能与希腊文和意大利文有缘分了，那箱书籍也恐怕只有摆在那里霉烂了。这只是一例。我生平有许多事叫我追悔，大半都像这样"志在将来"而转眼即空空过去。"延"与"误"永是连在一起，而所谓"志"往往叫我们由"延"而"误"。所谓真正立志，不仅要接受现在的事实，尤其要抓住现在的机会。如果立志要做一件事，那件事的成功尽管在很远的将来，而那件事的发动必须就在目前一顷刻。想到应该做，马上就做，不然，就不必发下一个空头愿。发空头愿成了一个习惯，一个人就会永远在幻想中过活，成就不了任何事业，听说抽鸦片烟的人想头最多，意志力也最薄弱。老是在幻想中过活的人在精神方面颇类似烟鬼。

我在很早的一篇文章里提出我个人做人的信条，现在想起，觉得其中仍有可取之处，现在不妨趁此再提出供读者参考。

我把我的信条叫作"三此主义"，就是此身，此时，此地。

一、此身应该做而且能够做的事，就得由此身担当起，不推诿给旁人。

二、此时应该做而且能够做的事，就得在此时做，不拖延到未来。

三、此地（我的地位，我的环境）应该做而且能够做的事，就得在此地做，不推诿到想象中的另一地位去做。

这是一个极现实的主义。本分人做本分事，脚踏实地，丝毫不带一点浪漫情调。我相信如果我们能够彻底地照着做，不至于很误事。西谚说得好："手中的一只鸟，值得林中的两只鸟。"许多"有大志"者往往为着觊觎林中的两只鸟，让手中的一只鸟安然逃脱。

跟着自己的兴趣走[1]

（文 / 胡适）

目前很多学生选择科系时，从师长的眼光看，都不免带有短见，倾向于功利主义方面。天才比较高的都跑到医工科去，而且只走人实用方面，而又不选择基本学科，譬如学医的，内科、外科、产科、妇科，有很多人选，而基本学科譬如生物化学、病理学，很少青年人去选读，这使我感到今日的青年不免短视，戴着近视眼镜去看自己的前途与将来。我今天头一项要讲的，就是根据我们老一辈的对选科系的经验，贡献给各位。我讲一段故事。

记得四十八年前，我考取了官费出洋，我的哥哥特地从东三省赶到上海为我送行，临行时对我说，我们的家早已破坏中落了，你出国要学些有用之学，帮助复兴家业，重振门楣，他要我学开矿或造铁路，因为这是比较容易找到工作的，千万不要学些没用的文学、哲学之类没饭吃的东西。我

1　本文为胡适1958年6月5日在台湾大学法学院的演说词（节选），原题为《大学的生活——学生选择科系的标准》。

说好的，船就要开了，那时和我一起去美国的留学生共有七十人，分别进入各大学。在船上我就想，开矿没兴趣，造铁路也不感兴趣，于是只好采取调和折中的办法，要学有用之学，当时康奈尔大学有全美国最好的农学院，于是就决定进去学科学的农学，也许对国家社会有点贡献吧！那时进康大的原因有二：一是康大有当时最好的农学院，且不收学费，而每个月又可获得八十元的津贴；我刚才说过，我家破了产，母亲待养，那时我还没结婚，一切从命，所以可将部分的钱拿回养家。另一是我国有百分之八十的人是农民，将来学会了科学的农业，也许可以有益于国家。

入校后头一星期就突然接到农场实习部的信，叫我去报到。那时教授便问我："你有什么农场经验？"我答："没有。""难道一点都没有吗？""要有嘛，我的外公和外婆，都是道地的农夫。"教授说："这与你不相干。"我又说："就是因为没有，才要来学呀！"后来他又问："你洗过马没有？"我说："没有。"我就告诉他中国人种田是不用马的。于是老师就先教我洗马，他洗一面，我洗另一面。他又问我会套车吗，我说也不会。于是他又教我套车，我套一边，套好跳上去，兜一圈子。接着就到农场做选种的实习工作，手起了泡，但仍继续的忍耐下去。农复会的沈宗瀚先生写一本《克难苦学记》，要我和他做一篇序，我也就替他做一篇很长的序。我们那时学农的人很多，但只有沈宗瀚先生赤过脚下过田，是唯一确实有农场经验的人。学了一年，成绩还不错，功课都在85分以上。第二年我就可以多选两个学分，于是我选种果学，即种苹果学。分上午讲课与下午实习。上课倒没有什么，还甚感兴趣，下午实验，走入实习室，桌上有各色各样的苹果30个，颜色有红的，有黄的，有青的……形状有圆的、有长的、有椭圆的、有四方的……

要照着一本手册上的标准，去定每一苹果的学名，蒂有多长？花是什么颜色？肉是甜是酸？是软是硬？弄了两个小时。弄了半个小时一个都弄不了，满头大汗，真是冬天出大汗。抬头一看，呀！不对头，那些美国同学都做完跑光了，把苹果拿回去吃了。他们不需剖开，因为他们比较熟悉，查查册子后面的普通名词就可以定学名，在他们是很简单。我只弄了一半，一半又是错的。回去就自己问自己学这个有什么用？要是靠当时的活力与记性，用上一个晚上来强记，四百多个名字都可记下来应付考试。但试想有什么用呢？那些苹果在我国烟台也没有，青岛也没有，安徽也没有……

我认为科学的农学无用了，于是决定改行，那时正是民国元年，国内正在革命的时候，也许学别的东西更有好处。

那么，转系要以什么为标准呢？依自己的兴趣呢？还是看社会的需要？我年轻时候《留学日记》，有一首诗，现在我也背不出来了。我选课用什么做标准？听哥哥的话？看国家的需要，还是凭自己？只有两个标准：一个是"我"；一个是"社会"，看看社会需要什么？国家需要什么？中国现代需要什么？但这个标准——社会上三百六十行，行行都需要，现在可以说三千六百行，从诺贝尔得奖人到修理马桶的，社会都需要，所以社会的标准并不重要。因此，在定主意的时候；便要依着自我的兴趣了——即性之所近，力之所能。我的兴趣在什么地方？与我性质相近的是什么？问我能做什么？对什么感兴趣？我便照着这个标准转到文学院了。但又有一个困难，文科要缴费，而从康大中途退出，要赔出以前二年的学费，我也顾不得这些。经过四位朋友的帮忙，由80元减到35元，终于达成愿望。在文学院以哲学为主，英国文学、经济、政治学之门为副。后又以哲学为主，经济理论、英国文学为副科。到哥伦比亚大学后，仍以哲学为主，以政治理论、英国文学为副。我现在68岁了，人家问我学什么？我自己也不知道学些什么？我对文学也感兴趣，白话文方面也曾经有过一点小贡献。在北大，我曾做过哲学系主任，外国文学系主任、英国文学系主任，中国文学系也做过四年的系主任，在北大文学院六个学系中，五系全做过主任。现在我自己也不知道学些什么，我刚才讲过现在的青年太倾向于现实了，不凭性之所近，力之所能去选课。譬如一位有作诗天才的人，不进中文系学作诗，而偏要去医学院学外科，那么文学院便失去了一个一流的诗人，而国内却添了一个三四流甚至五流的饭桶外科医生，这是国家的损失，也是你们自己的损失。

在一个头等第一流的大学，当初日本筹划帝大的时候，真的计划远大，规模宏伟，单就医学院就比当初日本总督府还要大。科学的书籍都是从第一号编起。基础良好，我们接收已有十余年了，总算没有辜负当初的计划。今日台大可说是台湾唯一最完善的大学，各位不要有成见，戴着近视眼镜来看自己的前途，看自己的将来。听说入学考试时有72个志愿可填，这样72变，变到最后不知变成了什么，当初所填的志愿，不要当做最后的决定，只当做暂时的方向。要在大学一、二年的时候，东摸摸西摸摸的瞎摸。不要有短见，十八九岁的青年仍没有能力决定自己的前途、职业。进大学后第一年到处去摸、去看，探险去，不知道的我偏要去学。如在中学时候的数学不好，现在我偏要去学，中学时不感兴趣，也许是老师不好。现在去听听最好的教授的讲课，也许会提起你的兴趣。好的先生会指导你走上一个好的方向，第一、二年甚至于第三年还来得及，只要依着自己"性之所近，力之所能"的做去，这是清代大儒章学诚的话。

现在我再说一个故事，不是我自己的，而是近代科学的开山大师——伽利略（Galileo），他是意大利人，父亲是一个有名的数学家，他的父亲叫他不要学他这一行，学这一行是没饭吃的，要他学医。他奉命而去。当时意大利正是文艺复兴的时候，他到大学以后曾被教授和同学捧誉为"天才的画家"，他也很得意。父亲要他学医，他却发现了美术的天才。他读书的佛劳伦斯地方是一工业区，当地的工业界首领希望在这大学多造就些科学的人才，鼓励学生研究几何，于是在这大学里特为官儿们开设了几何学一科，聘请一位叫Ricci氏当教授。有一天，他打从那个地方过，偶然的定脚在听讲，有的官儿们在打瞌睡，而这位年轻的伽利略却非常感兴趣。是不断地一直继续下去，趣味横生，便改学数学，由于浓厚的兴趣与天才，就决心去东摸摸西摸摸，摸出一条兴趣之路，创造了新的天文学、新的物理学，终于成为一位近代科学的开山大师。

大学生选择学科就是选择职业。我现在68岁了，我也不知道所学的是什么？

希望各位不要学我这样老不成器的人。勿以72志愿中所填的一愿就定了终身，还没有的，就是大学二、三年也还没定。各位在此完备的大学里，目前更有这么多好的教授人才来指导，趁此机会加以利用。社会上需要什么，不要管它，家里的爸爸、妈妈、哥哥、朋友等，要你做律师、做医生，你也不要管他们，不要听他们的话，只要跟着自己的兴趣走。想起当初我哥哥要我学开矿，造铁路，我也没听他的话，自己变来变去变成一个老不成器的人。后来我哥哥也没说什么。只管我自己，别人不要管他。依着"性之所近，力之所能"学下去，其未来对国家的贡献也许比现在盲目所选的或被动选择的学科会大得多，将来前途也是无可限量的。

吃饭的调味就是过人生

（文 / 朱自清）

对于调味的态度，有两种不同的人：一是对每个菜（尤其是对西餐的每个菜）自己来一番加工；一是很少或简直不利用食桌上的调味品。从这一观点上来实习你的"动的相术"时，可以看出四种不同的性格来。

先说那爱给每一个菜加佐料的人吧。有些人为了表示自己有饮食修养，在适宜的菜里加些适宜的调味品，这女婿从吃的立场看是大可要得的；只是如果你的女儿不善烹饪时也很易受他的气。佐料需要在合适的时候加在合适的碟子里，而且需要合适的分量。另外有种恰好相反的人，他们非常爱加佐料，这是谈不上方才所说的饮食修养的。

他们想把加佐料作为表演自己能力之方法，实际上他还是食而不知其味。即知矣，也是近乎"不求甚解"的。以前曾经讲过那种爱在虾仁上浇醋的即是一例。有一位朋友爱茄汁如命，无论在汤、菜、冷盘碟，甚至在面、饭里都爱浇上好些茄汁。此君实在傻瓜也，难怪年逾"不惑"而没有人把女儿许配给他。

在西菜的宴会也不乏兼爱茄汁和辣酱油的人吧，他们多半缺乏一种实验主义者的精神，弱点在保守、苟安、缺乏推动的能力和远见。假如是一个有深思而对饮食稍微留意的人，他将设法使自己体味到每个菜味的最微妙处。在这种微妙的滋味体会之前，他绝不会鲁莽地肯定那菜的好或坏，而随便地加佐料的。如果你希望你的女婿是一位有判断能力和进取心的青年，你先得观察他是否有判断饮食的精神——能力倒在其次。

然而对加佐料的态度也有一个例外，那是"地方性"。例如江苏人好甜，四川人爱辣，宁波人喜咸。喜欢酸和苦的人也有，有些地方的人爱好"香"——葱、韭、蒜头之类，这些"香"味在江南许多地方是不习惯的。这种情形之下，"人不可貌相"，不能因为他爱韭菜而以为他的心地也"沆瀣一气"；爱吃苦瓜的未必象征"人上人"的特质。不过多吃咸东西的人讲起话来比常人来得响亮，多半易于使人误会，那倒是事实。

至于不爱使用调味品的人也有两种：一种是敏感的，能虚心地去体味每个菜的鲜味，还有一种却相反地显得太老实了。如果你有一个"中庸"的女儿，不妨选两者中的任何一种人做你的女婿。如果她太老实时，那么把她配敏感的人容易处处引起他的不满，并且她将不了解他的内心痛苦；配给太老实的呢，这家庭便不容易改良，对于外来的侵袭也将不会应付。如果你的女儿是十分敏感的，你把她配给敏感的人吧，他们之间容易产生一种虚伪的生活，配给太老实的人就会使她寸步难行。故曰，不加佐料的女婿，非不可取，却需要以合适的女儿给他。婚姻的配合之道正如调味，原则是两者"调和"，而"调和"的方法是"不对立，但也不一致"。例如糖和盐，两极端也，等量地使用糖和盐做不出好菜来，单是糖或盐也调不出好味道。正如先前所说，太老实的女儿配太老实的女婿是不聪明的。

每个人有他特别爱好的菜，这种爱好的成因是很复杂的。你在这时要看的不是他爱什么菜——因为从这里得不到你相术的结论。而是看他怎样应付他心爱的菜。这样，你将看出两种不同的性格：显和隐。

这里我们先看一段小小的插曲。据说有一位小姐，自小到大不曾脱离过家里的咸黄鱼味，后来成了相当显著的人物，外来的川菜、粤菜、"番菜"，也习以为常了。但每当她偶尔在大菜之余见到小小的碟子里薄薄的两三片咸鱼时，眼光中就会透露出一种非常饥渴的不胜依恋的表情，这种至性之流露，连最好的导演也教不出来的。她的"隐"是有了八分成就，心里同时也有八分隐痛，假如有一天包围她的人们由于过分仰慕或诸如此类的理由要求她说一句最最内心的老实话时，她一定会热情地爆发出这样的呼声来："我爱咸黄鱼！"

"隐"而能看不出的，是为隐之上者，从眼光中看出"我要"的表情，像这段插曲中所提及的那位小姐，是为隐之下者。"上隐"富有涵养性，该防的是兼具政客的条件；"下隐"，人是不会坏的，病在假作聪明，爱以风雅多礼自居，不得意时恐怕要给人叫"户口米"，得意时会买进些假古董来观摩自得。

脆弱的二元人物

（文 / 瞿秋白）

一只羸弱的马拖着几千斤的辎重车，走上了险峻的山坡，一步步地往上爬，要往后退是不可能，要再往前去是实在不能胜任了。我在负责政治领导的时期，就是这样一种感觉。欲罢不能的疲劳使我永久感觉一种无可形容的重压。精神上政治上的倦怠，使我渴望"甜蜜的"休息，以至于脑筋麻木，停止一切种种思想。一九三一年一月的共产党四中全会开除了我的政治局委员之后，我的精神状态的确是"心中空无所有"的情形，直到现在还是如此。我不过三十六岁（虽然照阴历的习惯我今年是三十八岁），但是，自己觉得已经非常地衰惫，丝毫青年壮年的兴趣都没有了。不但一般的政治问题懒得去思索，就是一切娱乐，甚至风景都是漠不相关的了。本来我从一九一九年就得了吐血病，一直没有好好医治的机会。肺结核的发展曾经在一九二六年走到非常危险的阶段，那年幸而勉强医好了。可是立即赶到武汉去，立即又是半年最忙碌紧张的工作。虽然现在肺痨的最危险期逃过了，而身体根本弄坏了，虚弱得简直是一个废人。从一九二〇年直到一九三一年初，整整十年——除却躺在床上不能行动神志昏瞀的几天以外——我的脑筋从没有得到休息的日子。在负责时期，神经的紧张自然是很厉害的，往往十天八天连续的不安眠，为着写一篇政治论文或者报告。这继续十几年的不休息，也许是我精神疲劳和十分厉害的神经衰弱的原因，然而究竟我离衰老时期还很远。这十几年的辛劳，确实算起来，也不能说怎么了不得，而我竟成了颓丧残废的废人了。我是多么脆弱，多么不禁磨练呵！

或者，这不尽是身体本来不强壮，所谓"先天不足"的原因罢。我虽然到了十三四岁的时候就很贫苦了，可是我的家庭，世代是所谓"衣租食税"的绅士阶级，世代读书，也世代做官。我五六岁的时候，我的叔祖瞿庚韶，还在湖北布政使任上。他死的时候，正署理湖北巡抚。因此，我家的田地房屋虽然几十年前就已经完全卖尽，而我小时候，却靠着叔祖伯父的官俸过了好几年十足的少爷生活。绅士的体面"必须"维持。我母亲宁可自杀而求得我们兄弟继续读书的可能；而且我母亲因为穷而自杀的时候，家里往往没有米煮饭的时候，我们还用着一个仆妇（积欠了她几个月的工资，到现在还没有还清）。我们从没有亲手洗过衣服，烧过一次饭。

直到那样的时候，为着要穿长衫，在母亲死后，还剩下四十多元的裁缝债，要用残余的木器去抵帐。我的绅士意识——就算是深深潜伏着表面不容易察觉罢——其实是始终没脱掉的。同时，我二十一二岁，正当所谓人生观形成的时期，理智方面是从托而斯泰式的无政府主义很快就转到了马克思主义。人生观或是主义，这是一种思想方法——所谓思路；既然走上了这条道路，却不是轻易就能改换的。而马克思主义是什么？是无产阶级的宇宙观和人生观。这同我潜伏的绅士意识、中国式的士大夫意识，以及后来蜕变出来的小资产阶级或者市侩式的意识，完全处于敌对的地位。没落的中国绅士阶级意识之中，有些这样的成分：例如假惺惺的仁慈礼让、避免斗争……以致寄生虫式的隐士思想。（完全破产的绅士往往变成城市的波希美亚——高等游民，颓废的、脆弱的、浪漫的，甚至狂妄的人物。说得实在些，是废物。我想，这两种意识在我内心里不断地斗争，也就侵蚀了我极大部分的精力。我得时时刻刻压制自己绅士和游民式的情感，极勉强地用我所学到的马克思主义的理智来创造新的情感、新的感觉方法。可是无产阶级意识在我的内心里是始终没有得到真正的胜利的。）

当我出席政治会议，我就会"就事论事"，抛开我自己的"感觉"专就我所知道的那一点理论去推断一个问题，决定一种政策等等。但是，我一直觉得这工作是"替别人做的"。我每次开会或者做文章的时候，都觉得很麻烦，总在急急于结束，好"回到自己那里去"休息。我每每幻想着：我愿意到随便一个小市镇去当一个教员，并不是为着发展什么教育，只不过求得一口饱饭罢了。在余的时候，读读自己所爱读的书、文艺、小说、诗词、歌曲之类，这不是很逍遥的吗？这种两元化的人格，我自己早已发觉——到去年更是完完全全了解了，已经不能丝毫自欺的了；但是"八七"会议之后，我并没有公开地说出来，四中全会之后也没有说出来，在去年我还是决断不下，以致延迟下来，隐忍着，甚至对之华（我的爱人）也只偶然露一点口风，往往还要加一番弥缝的话。没有这样的勇气。

可是真相是始终要暴露的，"二元"之中总有"一元"要取得实际上的胜利。正因为我的政治上疲劳倦怠，内心的思想斗争不能再持续了。老实说，在四中全会之后，我早已成为十足的市侩——对于政治问题我竭力避免发表意见。中央怎么说，我就怎么说，认为我说错了，我立刻承认错误，也没有什么心思去辩白。说我是机会主义就是机会主义好了，一切工作只要交代得过去就算了。我对于政治和党的种种问题，真没有兴趣去注意和研究。只因为六年的"文字因缘"，对于现代文学以及文学史上的各种有趣的问题，有时候还有点兴趣去思考一下，然而大半也是欣赏的分数居多，而研究分析的分数较少。而且体力的衰弱也不容许我多所思索了。体力上的感觉是：每天只要用脑到两三小时以上，就觉得十分疲劳，或者过分的畸形的兴奋——无所谓的兴奋，以至于不能睡觉，脑痛……冷汗。

唉，脆弱的人呵！所谓无产阶级的革命队伍需要这种东西吗？！我想，假定我保存这多余的生命若干时候，我另有拒绝用脑的一个方法，我只做些不用自出心裁的文字工作，"以度余年"。但是，最后也是趁早结束了罢。

娜拉走后怎样

（文 / 鲁迅）

——一九二四年一月十七日在北京女子高等师范学校文艺会讲

我今天要讲的是"娜拉走后怎样？"伊孛生是十九世纪后半的瑙威的一个文人。他的著作，除了几十首诗之外，其余都是剧本。这些剧本里面，有一时期是大抵含有社会问题的，世间也称作"社会剧"，其中有一篇就是《娜拉》。《娜拉》一名Ein Puppenheim，中国译作《傀儡家庭》。但Puppe不单是牵线的傀儡，孩子抱着玩的人形也是；引申开去，别人怎么指挥，他便怎么做的人也是。娜拉当初是满足地生活在所谓幸福的家庭里的，但是她竟觉悟了：自己是丈夫的傀儡，孩子们又是她的傀儡。她于是走了，只听得关门声，接着就是闭幕。这想来大家都知道，不必细说了。

娜拉要怎样才不走呢？或者说伊孛生自己有解答，就是Die Frau vom Meer，《海的女人》，中国有人译作《海上夫人》的。这女人是已经结婚的了，然而先前有一个爱人在海的彼岸，一日突然寻来，叫她一同去。她便告知她的丈夫，要和那外来人会面。临末，她的丈夫说："现在放你完全自由。（走与不走）你能够自己选择，并且还要自己负责任。"于是什么事全都改变，她就不走了。这样看来，娜拉倘也得到这样的自由，或者也便可以安住。但娜拉毕竟是走了的。走了以后怎样？伊孛生并无解答；而且他已经死了。即使不死，他也不负解答的责任。因为伊孛生是在做诗，不是为社会提出问题来而且代为解答。就如黄莺一样，因为它自己要歌唱，所以它歌唱，不是要唱给人们听得有趣，有益。伊孛生是很不通世故的，相传在许多妇女们一同招待他的筵宴上，代表者起来致谢他作了《傀儡家庭》，将女性的自觉，解放这些事，给人心以新的启示的时候，他却答道："我写那篇却并不是这意思，我不过是做诗。"

娜拉走后怎样？——别人可是也发表过意见的。一个英国人曾作一篇戏剧，说一个新式的女子走出家庭，再也没有路走，终于堕落，进了妓院了。还有一个中国人，——我称他什么呢？上海的文学家罢，——说他所见的《娜拉》是和现译本不同，娜拉终于回来了。这样的本子可惜没有第二人看见，除非是伊孛生自己寄给他的。但从事理上推想起来，娜拉或者也实在只有两条路：不是堕落，就是回来。因为如果是一匹小鸟，则笼子里固然不自由，而一出笼门，外面便又有鹰，有猫，以及别的什么东西之类；倘使已经关得麻痹了翅子，忘却了飞翔，也诚然是无路可以走。还有一条，就是饿死了，但饿死已经离开了生活，更无所谓问题，所以也不是什么路。人生最苦痛的是梦醒了无路可以走。做梦的人是幸福的；倘没有看出可走的路，最要紧的是不要去惊醒他。你看，唐朝的诗人李贺，不是困顿了一世的么？而他临死的时候，却对他的母亲说："阿妈，上帝造成了白玉楼，叫我做文章落成去了。"这岂非明明是一个诳，一个梦？然而一个小的和一个老的，一个死的和一个活的，死的高兴地死去，活的放心地活着。说诳和做梦，在这些时候便见得伟大。所以我想，假使寻不出路，我们所要的倒是梦。

但是，万不可做将来的梦。阿尔志跋绥夫曾经借了他所做的小说，质问过梦想将来的黄金世界的理想家，因为要造那世界，先唤起许多人们来受苦。他说："你们将黄金世界预约给他们的子孙了，可是有什么给他们自己呢？"有是有的，就是将来的希望。但代价也太大了，为了这希望，要使人练敏了感觉来更深切地感到自己的苦痛，叫起灵魂来目睹他自己的腐烂的尸骸。唯有说谎和做梦，这些时候便见得伟大。所以我想，假使寻不出路，我们所要的就是梦；但不要将来的梦，只要目前的梦。然而娜拉既然醒了，是很不容易回到梦境的，因此只得走；可是走了以后，有时却也免不掉堕落或回来。否则，就得问：她除了觉醒的心以外，还带了什么去？倘只有一条像诸君一样的紫红的绒绳的围巾，那可是无论宽到二尺或三尺，也完全是不中用。她还须更富有，提包里有准备，直白地说，就是要有钱。梦是好的；否则，钱是要紧的。

钱这个字很难听，或者要被高尚的君子们所非笑，但我总觉得人们的议论是不但昨天和今天，即使饭前和饭后，也往往有些差别。凡承认饭需钱买，而以说钱为卑鄙者，倘能按一按他的胃，那里面怕总还有鱼肉没有消化完，须得饿他一天之后，再来听他发议论。所以为娜拉计，钱，——高雅地说罢，就是经济，是最要紧的了。自由固不是钱所能买到的，但能够为钱而卖掉。人类有一个大缺点，就是常常要饥饿。为补救这缺点起见，为准备不做傀儡起见，在目下的社会里，经济权就见得最要紧了。第一，在家应该先获得男女平均的分配；第二，在社会应该获得男女相等的势力。可惜我不知道这权柄如何取得，单知道仍然要战斗；或者也许比要求参政权更要用剧烈的战斗。

战斗不算好事情，我们也不能责成人人都是战士，那么，平和的方法也就可贵了，这就是将来利用了亲权来解放自己的子女。中国的亲权是无上的，那时候，就可以将财产平均地分配给子女们，使他们平和而没有冲突地都得到相等的经济权，此后或者去读书，或者去生发，或者为自己去享用，或者为社会去做事，或者去花完，都请便，自己负责任。这虽然也是颇远的梦，可是比黄金世界的梦近得不少了。但第一需要记性。记性不佳，是有益于己而有害于子孙的。人们因为能忘却，所以自己能渐渐地脱离了受过的苦痛，也因为能忘却，所以往往照样地再犯前人的错误。被虐待的儿媳做了婆婆，仍然虐待儿媳；嫌恶学生的官吏，每是先前痛骂官吏的学生；现在压迫子女的，有时也就是十年前的家庭革命者。这也许与年龄和地位都有关系罢，但记性不佳也是一个很大的原因。救济法就是各人去买一本notebook来，将自己现在的思想举动都记上，作为将来年龄和地位都改变了之后的参考。假如憎恶孩子要到公园去的时候，取来一翻，看见上面有一条道："我想到中央公园去！"那就即刻心平气和了。别的事也一样。

世间有一种无赖精神，那要义就是韧性。听说拳匪乱后，天津的青皮，就是所谓无赖者很跋扈，譬如给人搬一件行李，他就要两元，对他说这行李小，他说要两元，对他说道路近，他说要两元，对他说不要搬了，他说也仍然要两元。青皮固然是不足为法的，而那韧性却大可以佩服。要求经济权也一样，有人说这事情太陈腐了，就答道要经济权；说是太卑鄙了，就答道要经济权；说是经济制度就要改变了，用不着再操心，也仍然答道要经济权。其实，在现在，一个娜拉的出走，或者也许不至于感到困难的，因为这人物很特别，举动也新鲜，能得到若干人们的同情，帮助着生活。生活在人们的同情之下，已经是不自由了，然而倘有一百个娜拉出走，便连同情也减少，有一千一万个出走，就得到厌恶了，断不如自己握着经济权之为可靠。

在经济方面得到自由，就不是傀儡了么？也还是傀儡。无非被人所牵的事可以减少，而自己能牵的傀儡可以增多罢了。因为在现在的社会里，不但女人常作男人的傀儡，就是男人和男人，女人和女人，也相互地作傀儡，男人也常作女人的傀儡，这决不是几个女人取得经济权所能救的。但人不能饿着静候理想世界的到来，至少也得留一点残喘，正如涸辙之鲋，急谋升斗之水一样，就要这较为切近的经济权，一面再想别的法。如果经济制度竟改革了，那上文当然完全是废话。然而上文，是又将娜拉当作一个普通的人物而说的，假使她很特别，自己情愿闯出去做牺牲，那就又另是一回事。我们无权去劝诱人做牺牲，也无权去阻止人做牺牲。况且世上也尽有乐于牺牲，乐于受苦的人物。欧洲有一个传说，耶稣去钉十字架时，休息在Ahasvar的檐下，Ahasvar不准他，于是被了咒诅，使他永世不得休息，直到末日裁判的时候。Ahasvar从此就歇不下，只是走，现在还在走。走是苦的，安息是乐的，他何以不安息呢？虽说背着咒诅，可是大约总该是觉得走比安息还适意，所以始终狂走的罢。

　　只是这牺牲的适意是属于自己的，与志士们之所谓为社会者无涉。群众，——尤其是中国的，——永远是戏剧的看客。牺牲上场，如果显得慷慨，他们就看了悲壮剧；如果显得觳觫，他们就看了滑稽剧。北京的羊肉铺前常有几个人张着嘴看剥羊，仿佛颇愉快，人的牺牲能给与他们的益处，也不过如此。而况事后走不几步，他们并这一点愉快也就忘却了。对于这样的群众没有法，只好使他们无戏可看倒是疗救，正无需乎震骇一时的牺牲，不如深沉的韧性的战斗。可惜中国太难改变了，即使搬动一张桌子，改装一个火炉，几乎也要血；而且即使有了血，也未必一定能搬动，能改装。不是很大的鞭子打在背上，中国自己是不肯动弹的。我想这鞭子总要来，好坏是别一问题，然而总要打到的。但是从那里来，怎么地来，我也是不能确切地知道。我这讲演也就此完结了。

（选自《坟》）

"迎上前去"

（文 / 徐志摩）

这回我不撒谎，不打隐谜，不唱反调，不来烘托；我要说几句，至少我自己信得过的话，我要痛快的招认我自己的虚实，我愿意把我的花押画在这张供状的末尾。

我要求你们大量的容许，准我在我第一天接手《晨报副刊》的时候，介绍我自己，解释我自己，鼓励我自己。

我相信真的理想主义者是受得住眼看他往常保持着的理想煨成灰，碎成断片，烂成泥，在这灰这断片这泥的底里，他再来发现他更伟大更光明的理想。我就是这样的一个。

只有信生病是荣耀的人们才来不知耻的高声嚷痛，这时候他听着有脚步声，他以为有帮助他的人向着他来，谁知是他自己的灵性离了他去！真有志气的病人，在不能自己豁脱苦痛的时候，宁可死休，不来忍受医药与慈善的侮辱。我又是这样的一个。

我们在这生命里到处碰头失望，连续遭逢"幻灭"，头顶只见乌云，地下满是黑影；同时我们的年岁，病痛，工作，习惯，恶狠狠的压上我们的肩背，一天重似一天，在无形中嘲讽的呼喝着，"倒，倒，你这不量力的蠢才！"因此你看这满路的倒尸，有全死的，有半死的，有爬着挣扎的，有默无声息的……嘿！生命这十字架，有几个人扛得起来？

　　但生命还不是顶重的负担，比生命更重实更压得死人的是思想那十字架。人类心灵的历史里能有几个天成的孟贲乌育？在思想可怕的战场上我们就只有数得清有限的几具光荣的尸体。我不敢非分的自夸；我不够狂，不够妄。我认识我自己力量的止境，但我却不能制止我看了这时候国内思想界萎瘪现象的愤懑与羞恶。我要一把抓住这时代的脑袋，问它要一点真思想的精神给我看看——不是借来的税来的冒来的描来的东西，不是纸糊的老虎，摇头的傀儡，蜘蛛网幕面的偶像；我要的是筋骨里迸出来，血液里激出来，性灵里跳出来，生命里震荡出来的真纯的思想。我不来问他要，是我的懦怯；他拿不出来给我看，是他的耻辱。朋友，我要你选定一边，假如你不能站在我的对面，拿出我要的东西来给我看，你就得站在我这一边，帮着我对这时代挑战。

　　我预料有人笑骂我的大话。是的，大话。我正嫌这年头的话太小了，我们是得造一个比小更小的字来形容这年头听着的说话，写下印成的文字；我们得请一个想象力细致如史魏夫脱（Dean Swift）的来描写那些说小话的小口，说尖话的尖嘴。一大群的食蚁兽！他们最大的快乐是忙着他们的尖喙在泥土里垦寻细微的蚂蚁。蚂蚁是吃不完的，同时这可笑的尖嘴却益发不住的向尖的方向进化，小心再隔几代连蚂蚁这食料都显太大了！

我不来谈学问，我不配，我书本的知识是真的十二分的有限。年轻的时候我念过几本极普通的中国书，这几年不但没有知新，温过都说不上，我实在是固陋，但却抱定孔子的一句话"知之为知之，不知为不知，是知也"，决不来强不知为知；我并不看不起国学与研究国学的学者，我十二分尊敬他们，只是这部分的工我只能艳羡的看他们去做，我自己恐怕不但今天，竟许这辈子都没希望参加的了。外国书呢？看过的书虽则有几本，但是真说得上"我看过的"能有多少，说多一点，三两篇戏，十来首诗，五六篇文章，不过这样罢了。

科学我是不懂的，我不曾受过正式的训练，最简单的物理化学，都说不明白，我要是不预备就去考中学校，十分里有九分是落第，你信不信！天上我只认识几颗大星，地上几棵大树；这也不是先生教我的；从先生那里学来的，十几年学校教育给我的，究竟有些什么，我实在想不起，说不上，我记得的只是几个教授可笑的嘴脸与课堂里强烈的催眠的空气。

我人事的经验与知识也是同样的有限，我不曾做过工；我不曾尝味过生活的艰难，不曾打过仗，不曾坐过监，不曾进过什么秘密党，不曾杀过人，不曾做过买卖，发过一个大的财。

所以你看，我只是个极平常的人，没有出人头地的学问，更没有非常的经验。但同时我自信我也有我与人不同的地方。我不曾投降这世界，我不受它的拘束。

我是一只没笼头的野马，我从来不曾站定过。我人是在这社会里活着，我却不是这社会里的一个，像是有离魂病似的，我这躯壳的动静是一件事。我那梦魂的去处又是一件事。我是一个傻子，我曾经妄想在这流动的生活里发现一些不变的价值，在这打谎的世上寻出一些不磨灭的真，在我这灵魂的冒险是生命核心里的意义；我永远在无形的经验的巉岩上爬着。

冒险——痛苦——失败——失望，是跟着来的，存心冒险的人就得打算他最后的失望；但失望却不是绝望，这分别很大。我是曾经遭受失望的打击，我的头是流着血，但我的脖子还是硬的；我不能让绝望的重量压住我的呼吸，不能让悲观的慢性病侵蚀我的精神，更不能让厌世的恶质染黑我的血液。厌世观与生命是不可并存的；我是一个生命的信徒，起初是的，今天还是，将来我敢说也是。我决不容忍性灵的颓唐，那是最不可救药的堕落，同时却继续躯壳的存在；在我，单这开口说话，提笔写字的事实，就表示后背有一个基本信仰；完全的没破绽的信仰；否则我何必再做什么文章，办什么报刊？

　　但这并不是说我不感受人生遭遇的痛创；我决不是那童呆性的乐观主义者；我决不来指着黑影说这是阳光，指着云雾说这是青天，指着分明的恶说这是善；我并不否认黑影，云雾与恶，我只是不怀疑阳光与青天与善的实在；暂时的掩蔽与侵蚀不能使我们绝望，这正应得加倍的激动我们寻求光明的决心。前几天我觉着异常懊丧的时候无意中翻着尼采的一句话，极简单的几个字即涵有无穷的意义与强悍的力量，正如天上星斗的纵横与山川的经纬，在无声中暗示你人生的奥义，祛除你的迷惘，照亮你的思路，他说："受苦人没有悲观的权利"（The sufferer has no right to pessimism），我那时感觉一种异样的惊心，一种异样的彻悟：——

　　我不辞痛苦，因为我要认识你，上帝；

　　我甘心，甘心在火焰里存身，

　　到最后那时辰见我的真，

　　见我的真，我定了主意，上帝，再不迟疑！

　　所以我这次从南边回来，决意改变我对人生的态度，我写信给朋友说这来要来认真做一点"人的事业"了。——

　　我再不想成仙，蓬莱不是我的分；

　　我只要这地面，情愿安分的做人。

　　在我这"决心做人，决心做一点认真的事业"，是一个思想的大转变；因为先前我对这人生只是不调和不承认的态度，因此我与这现世界并没有什么相互的关系，我是我，它是它，它不能责备我，我也不来批评它，但是这来我决心做人的宣言却把我放进了一个有关系，负责任的地位，我再不能张着眼睛做梦，从今起得把现实当现实看：我要来察看，我要来检查，我要来清除，我要来颠扑，我要来挑战，我要来破坏。

　　人生到底是什么？我得先对我自己给一个相当的答案。人生究竟是什么？为什么这形形色色的，纷扰不清的现

象——宗教，政治，社会，道德，艺术，男女，经济？我来
是来了，可还是一肚子的不明白，我得慢慢地看古玩似的，
一件件拿在手里看一个清切再来说话，我不敢保证我的话一
定在行，我敢担保的只是我自己思想的忠实；我前面说过我
的学识是极浅陋的，但我却并不因此自馁，有时学问是一种
束缚，知识是一层障碍，我只要能信得过我能看的眼，能感
受的心，我就有我的话说；至于我说的话有没有人听，有没
有人懂，那是另外一件事，我管不着了——"有的人身死了
才出世的"，谁知道一个人有没有真的出世一天？

　　是的，我从今起要迎上前去！生命第一个消息是活动，
第二个消息是搏斗，第三个消息是决定；思想也是的，活动
的下文就是搏斗。搏斗就包含一个搏斗的对象，许是人，许
是问题，许是现象，许是思想本体。一个武士最大的期望
是寻着一个相当的敌手。思想家也是的，他也要一个可以
较量他充分的力量的对象。"攻击是我的本性"，一个哲
学家说，"要与你的对手相当——这是一个正直的决斗的
第一个条件。你心存鄙夷的时候你不能斗。你占上风，你认
定对手无能的时候你不应当搏斗。我的战略可以约成四个原
则：——第一，我专打正占胜利的对象——在必要时我暂缓

我的攻击，等他胜利于再开手；第二，我专打没有人打的对象，我这边不会有助手，我单独的站定一边——在这搏斗中我难为的只是我自己；第三，我永远不来对人的攻击——在必要时我只拿一个人格当显微镜用，借它来显出某种普遍的，但却隐遁不易踪迹的恶性；第四，我攻击某事物的动机，不包含私人嫌隙的关系，在我攻击是一个善意的，而且在某种情况下，感恩的凭证。"

　　这位哲学家的战略，我现在僭引作我自己的战略，我盼望我将不至于在搏斗的沉酣中忽略了预定的规律，万一疏忽时我恳求你们随时提醒。我现在戴我的手套去！

求　医[1]

（文 / 徐志摩）

To understand that the sky is everywhere blue, it is
not necessary to have travelled all round the world.

——Goethe

新近有一个老朋友来看我，在我寓里住了好几天，彼
此好久没有机会谈天，偶尔通信也只泛泛的；他只从旁人的
传说中听到我生活的梗概，又从他所听到的推想及我更深一
层的生活的大致。他早把我看作"丢了"。谁说空闲时间不
能离间朋友间的相知？但这一次彼此又捡起了，理清了早年
息息相通的线索，这是一个愉快！单说一件事：他看看我四
月间副刊上的两篇"自剖"，他说他也有文章做了，他要写
一篇"剖志摩的自剖"。他却不曾写，我几次逼问他，他说
一定在离京前交卷。有一天他居然谢绝了约会，躲在房子里
装病，想试他那柄解剖的刀，晚上见他的时候，他文章不曾

1　原载1926年9月6日《晨报副刊》，后收入《自剖文集》。

做起；脸上倒真的有了病容！"不成功"；他说，"不要说剖，我这把刀，即使有，早就在刀鞘里锈住了，我怎么也拉它不出来！我倒自己发生了恐怖，这回回去非发奋不可。"打了全军覆没的大败仗回来的，也没有他那晚谈话时的沮丧！

　　但他这来还是帮了我的忙；我们俩连着四五晚通宵的谈话，在我至少感到了莫大的安慰。我的朋友正是那一类人，说话是绝对不敏捷的，他那永远茫然的神情与偶尔激出来几句话，在当时极易招笑，但在事后往往透出极深刻的意义，在听着的人的心上不易磨灭的，别看他说话的外貌乱石似的粗糙，他那核心里往往藏着直觉的纯璞。他是那一类的朋友，他那不浮夸的同情心在无形中启发你思想的活动，引逗你心灵深处的"解严"；"你尽量批露你自己，"他仿佛说，"在这里你没有被误解的恐怖。"我们俩的谈话是极不平等的；十分里有九分半的时光是我占据的，他只贡献简短的评语，有时修正，有时赞许，有时引申我的意思；但他是一个理想的"听者"，他能尽量的容受，不论对面来的是细流或是大水。

　　我的自剖文不是解嘲体的闲文，那是我个人真的感到绝望的呼声。"这篇文章是值得写的，"我的朋友说，"因为你这来冷酷的操刀，无顾恋的劈剖你自己的思想，你至少摸着了现代的意识的一角；你剖的不仅是你，我也叫你剖着了，正如葛德[1]说的'要知道天到处是碧蓝，并用不着到全世界去绕行一周'。你还得往更深处剖，难得你有勇气下手；你还得如你说的，犯着恶心呕苦水似的呕，这时代的意识是完全叫种种相冲突的价值的尖刺给交占住，支离了缠昏了的，你希冀回复清醒与健康先得清理你的外邪与内热。至于你自己，因为发现病象而就放弃希望，当然是不对的；我可以替你开方。你现在需要的没有别的，你只要多多的睡！休息，休养，到时候你自会强壮。我是开口就会牵到葛德的，你不要笑；葛德就是懂得睡的秘密的一个。他每回觉得他的创作活动有退潮的趋向，他就上床去睡，真的放平了身子的睡，不是喻言，直到精神回复了，一线新来的波澜逼着他再来一次发疯似的创作。你近来的沉闷，在我看，也只是内心需要休息的信号。正如潮水有涨落的现象，我们劳心的也不免同样受这自然律的支配，你怎么也不该挫气，你正应得利用这时期；休息不是工作的断绝，它是消极的活动；这正是

1　葛德：现通译为歌德。

你吸新营养取得新生机的机会。听凭地面上风吹的怎样尖厉，霜盖得怎么严密，你只要安心在泥土里等着，不愁到时候没有再来一次爆发的惊喜。"

这是他开给我的药方，后来他又跟别的朋友谈起，他说我的病——如其是病——有两味药可医，一是"隐居"，一是"上帝"。烦闷是起源于精神不得充分的怡养；烦嚣的生活是劳心人最致命的伤，离开了就有办法，最好是去山林静僻处躲起来。但这环境的改变，虽则重要，还只是消极的一面；为要启发性灵，一个人还得积极的寻求。比性爱更超越更不可摇动的一个精神的寄托——他得自动去发现他的上帝。

上帝这味药是不易配得的。我们姑且放开在一边（虽则我们不能因他字面的兀突就忽略他的深刻的涵义，那就是说这时代的苦闷现象隐示一种渐次形成宗教性大运动的趋向）；暂时脱离现社会去另谋隐居生活那味药，在我不但在事实上有要得到的可能，并且正合我新近一天迫似一天的私愿，我不能不计较一下。

我们都是在生活的蜘网中胶住了的细虫，有的还在勉强挣扎，大多数是早已没了生气，只当着风来吹动网丝的时候顶可怜相的晃动着，多经历一天人事，做人不自由的感觉也跟着真似一天。人事上的关连一天加密一天，理想的生活上的依据反而一天远似一天，尽是这飘忽忽的，仿佛是一块石子在一个无底的深潭中无穷无尽的往下坠着似的——有到底的一天吗，天知道！实际的生活逼得越紧，理想的生活宕得越空，你这空手仆仆的不"丢"怎么着？你睁开眼来看看，见着的只是一个悲惨的世界，我们这倒运的民族眼下只有两种人可分，一种是在死的边沿过活的，另一种简直是在死里面过活的；你不能不发悲心不是，可是你有什么能耐能抵挡这普遍"死化"的凶潮，太凄惨了呀。这"人道的幽微的悲切的音乐"！那么你闭上眼吧，你只是发现另一个悲惨的世界：你的感情，你的思想，你的意志，你的经验，你的理想，有哪一样调谐的，有哪一样容许你安舒的？你想要攀援但是你的力量？你仿佛是掉落在一个井里，四边全是光油油不可攀援的陡壁，你怎么想上得来？就我个人说，所谓教育只是"画皮"的勾当，我何尝得到一点真的知识？说经验吧；不错，我也曾进货似的运得一部分的经验，但这都是硬性的，杂乱的，不经受意识渗透的；经验自经验，我自我，这一屋子满满的生客只使主人觉得迷惑，慌张，害怕。不，我不但不曾"找到"我自己；我竟疑心我是"丢"定了的。

第四章　热望与梦想

曼殊斐儿[1]在她的日记里写——

我不是晶莹的透彻。

我什么都不愿意的。全是灰色的；重的，闷的……我要生活，这话怎么讲？单说是太易了。可是你有什么法子？

所有我写下的，所有我的生活，全是在海水的边沿上。这仿佛是一种玩艺。我想把我所有的力量全给放上去，但不知怎的我做不到。

前这几天，最使人注意的是蓝的彩色。蓝的天，蓝的山——一切都是神异的蓝！……但深黄昏的时刻才真是时光的时光。当着那时候，面前放着非人间的美景，你不难领会到你应分走的道儿有多远。珍重你的笔，得不辜负那上升的明月，那白的天光。你得够"简洁"正如你在上帝跟前得简洁。

我方才细心的刷净收拾我的水笔。下回它再要是漏，那它就不够格儿。

我觉得我总不能给我自己一个沉思的机会，我

---

1 曼殊斐儿，现通译曼斯菲尔德（1888—1923），英国女作家，代表作为小说集《幸福》《园会》《鸽巢》等，其作品带有印象主义色彩。

正需要那个。我觉得我的心地不够清白，不识卑，不兴。这底里的渣子新近又漾了起来。我对着山看，我见着的就是山。说实话，我念不相干的书……不经心，随意？是的，就是这情形。心思乱，含糊，不积极，尤其是躲懒，不够用工——白费时光。我早就这么喊着——现在还是这呼声。为什么这么阑珊的，你？啊，究竟为什么？

我一定得再发心一次，我得重新来过。我再来写一定得简洁的，充实的，自由的写，从我心坎里出来的。平心静气的，不问成功或是失败，就这往前去做去。但是这回得下决心了！尤其得跟生活接近。跟这天，这月，这些星，这些冷落的坦白的高山。

"我要是身体健康，"曼珠斐儿在又一处写，"我就一个人跑到一个地方，在一株树下坐着去。"她这苦痛的企求内心的莹彻与生活调谐，哪一个字不在我此时比她更"散漫，含糊，不积极"的心境里引起同情的回响！啊，谁不这样想：我要是能，我一定跑到一个地方，在一株树下坐着去。但是你能吗？

少年中国之精神[1]

（文 / 胡适）

前番太炎先生，话里面说现在青年的四种弱点，都是很可使我们反省的。他的意思是要我们少年人：一、不要把事情看得太容易了；二、不要妄想凭借已成的势力；三、不要虚慕文明；四、不要好高骛远。这四条都是消极的忠告。我现在且从积极一方面提出几个观念，和各位同志商酌。

一、少年中国的逻辑

逻辑即是思想、辩论、办事的方法。一般中国人现在最缺乏的就是一种正当的方法。因为方法缺乏，所以有下列的几种现象：（一）灵异鬼怪的迷信，如上海的盛德坛及各地的各种迷信；（二）谩骂无理的议论；（三）用诗云子曰作根据的议论；（四）把西洋古人当作无上真理的议论；还有一种平常人不很注意的怪状，我且称他为"目的热"，就是

1　本文根据1919年7月胡适在少年中国学会上的演讲整理，原载1919年《少年中国》第1期。

迷信一些空虚的大话，认为高尚的目的；全不问这种观念的意义究竟如何；今天有人说："我主张统一和平"，大家齐声喝彩，就请他做内阁总理；明天又有人说："我主张和平统一"，大家又齐声叫好，就举他做大总统；此外还有什么"爱国"哪，"护法"哪，"孔教"哪，"卫道"哪……许多空虚的名词；意义不曾确定，也都有许多人随声附和，认为天经地义，这便是我所说的"目的热"。以上所说各种现象都是缺乏方法的表示。我们既然自认为"少年中国"，不可不有一种新方法；这种新方法，应该是科学的方法；科学方法，不是我在这短促时间里所能详细讨论的，我且略说科学方法的要点：

第一，注重事实。科学方法是用事实作起点的，不要问孔子怎么说，柏拉图怎么说，康德怎么说；我们须要先从研究事实下手，凡游历调查统计等事都属于此项。

第二，注重假设。单研究事实，算不得科学方法。王阳明对着庭前的竹子做了七天的"格物"工夫，格不出什么道理来，反病倒了，这是笨伯的"格物"方法；科学家最重"假设"（Hypothesis）。观察事物之后，自说有几个假定的意思；我们应该把每一个假设所涵的意义彻底想出，看那意义是否可以解释所观察的事实？是否可以解决所遇的疑难？所以要博学。正是因为博学方才可以有许多假设，学问只是供给我们种种假设的来源。

第三，注重证实。许多假设之中，我们挑出一个，认为最合用的假设；但是这个假设是否真正合用？必须实地证明。有时候，证实是很容易的；有时候，必须用"试验"方才可以证实。证实了的假设，方可说是"真"的，方才可用。一切古人今人的主张、东哲西哲的学说，若不曾经过这一层证实的工夫，只可作为待证的假设，不配认作真理。

少年的中国，中国的少年，不可不时时刻刻保存这种科学的方法，实验的态度。

二、少年中国的人生观

现在中国有几种人生观都是"少年中国"的仇敌：第一种是醉生梦死的无意识生活，固然不消说了；第二种是退缩的人生观，如静坐会的人，如坐禅学佛的人，都只是消极的缩头主义。这些人没有生活的胆子，不敢冒险，只求平安，所以变成一班退缩懦夫；第三种是野心的投机主义，这种人虽不退缩，但为完全自己的私利起见，所以他们不惜利用他人，作他们自己的器具，不惜牺牲别人的人格和自己的人格，来满足自己的野心；到了紧要关头，不惜作伪，不惜作恶，不顾社会的公共幸福，以求达他们自己的目的。这三种人生观都是我们该反对的。少年中国的人生观，依我个人看来，该有下列的几种要素：

第一，须有批评的精神。一切习惯、风俗、制度的改良，都起于一点批评的眼光；个人的行为和社会的习俗，都最容易陷入机械的习惯，到了"机械的习惯"的时代，样样事都不知不觉的做去，全不理会何以要这样做，只晓得人家都这样做故我也这样做，这样的个人便成了无意识的两脚机器，这样的社会便成了无生气的守旧社会，我们如果发愿要造成少年的中国，第一步便须有一种批评的精神；批评的精神不是别的，就是随时随地都要问我为什么要这样做？为什么不那样做？

第二，须有冒险进取的精神。我们须要认定这个世界是很多危险的，定不太平的，是需要冒险的；世界的缺点很多，是要我们来补救的；世界的痛苦很多，是要我们来减少的；世界的危险很多，是要我们来冒险进取的。俗话说得好："成人不自在，自在不成人。"我们要做一个人，岂可贪图自在；我们要想造一个"少年的中国"，岂可不冒险；这个世界是给我们活动的大舞台，我们既上了台，便应该老着面皮，拼着头皮，大着胆子，干将起来；那些缩进后台去静坐的人都是懦夫，那些袖着双手只会看戏的人，也都是懦夫；这个世界岂是给我们静坐旁观的吗？那些厌恶这个世界梦想超生别的世界的人，更是懦夫，不用说了。

第三，须要有社会协进的观念。上条所说的冒险进取，并不是野心的，自私自利的；我们既认定这个世界是给我们活动的，又须认定人类的生活全是社会的生活，社会是有机的组织，全体影响个人，个人影响全体，社会的活动是互助的，你靠他帮忙，他靠你帮忙，我又靠你同他帮忙，你同他又靠我帮忙；你少说了一句话，我或者不是我现在的样子，我多尽了一分力，你或者也不是你现在这个样子，我和你多尽了一分力，或少做了一点事，社会的全体也许不是现在这个样子，这便是社会协进的观念。有这个观念，我们自然把人人都看作同力合作的伴侣，自然会尊重人人的人格了；有这个观念，我们自然觉得我们的一举一动都和社会有关，自然不肯为社会造恶因，自然要努力为社会种善果，自然不致变成自私自利的野心投机家了。

少年的中国，中国的少年，不可不时时刻刻保存这种批评的、冒险进取的、社会的人生观。

三、少年中国的精神

少年中国的精神并不是别的，就是上文所说的逻辑和人生观；我且说一件故事做我这番谈话的结论：诸君读过英国史的，一定知道英国前世纪有一种宗教革新的运动，历史上称为"牛津运动"（The Oxford Movement），这种运动的几个领袖如客白尔（Keble）、纽曼（Newman）、福鲁德（Froude）诸人，痛恨英国国教的腐败，想大大的改革一番；这个运动未起事之先，这几位领袖做了一些宗教性的诗歌写在一个册子上，纽曼摘了一句荷马的诗题在册子上，那句诗是You shall see the difference now that we are back again! 翻译出来即是"如今我们回来了，你们看便不同了！"

少年的中国，中国的少年，我们也该时时刻刻记着这句话：

如今我们回来了，你们看便不同了！

这便是少年中国的精神。

第五章　人生有何意义

生命本没有意义，你要能给他什么意义，他就有什么意义。与其终日冥想人生有何意义，不如试用此生作点有意义的事……

一个白日梦

　　林荫路旁侍立着一排像是没有尽头的漂亮的黄墙，墙上自然不缺少我们这"文字国"最典型的方块字的装饰，只因马车跑得太快，来不及念它，心想反正不是机关，便是学校，要不就是营房。忽然两座约莫二丈来高，影壁不像影壁，华表不像华表，极尽丑恶之能事的木质构造物闯入了视野，像黑夜里冷不防跳出一声充满杀气的"口令！"那东西可把人吓一跳！那威凛凛的稻草人式的构造物，和它上面更威风的蓝地白书的八个擘窠大字：

　　顶天立地

　　继往开来

　　也不知道是出自谁人的手笔，或哪部"经典"，对子倒对顶稳的。可是当时我并没有想到那些，我只觉得一阵头昏眼花，不是吓唬的，（稻草人可吓得倒人？）我的头昏眼花

第五章　人生有何意义

· 223 ·

恰恰是像被某种气味熏得作呕时的那一种。我问我自己，这究竟是一种什么气味？怎么那样冲人？

我想起了十字牌的政治商标，我明白了。不错，八个字的目的如果在推销一个个人的成功秘诀，那除了希特勒型的神经病患者，谁当得起？如果是标榜一个国家的立国精神，除了纳粹德国一类的世界里，又那儿去找这样的梦？想不出我们黄炎子孙也变得这样伟大！果然如此，区区个人当然"与有荣焉"，——我的耳根发热了。

个人主义和由它放大的本位主义的肥皂水，居然吹起了这样大而美丽的泡，它不但囊括了全部的空间（顶天立地），还垄断了整个的时间（继往开来）！怕只怕一得意，吹得太使劲儿，泡炸了，到那时原形毕露，也不过那么小小一滴而已，我真为它——也为我自己——捏一把汗。

个人之于社会等于身体的细胞，要一个人身体健全，不用说必需每个细胞都健全。但如果某个细胞太喜欢发达，以至超过它本分的限度而形成瘿瘤之类，那便是病了。健全的个人是必需的，个人发达到排他性的个人主义却万万要不得。如今个人主义还不只是瘿瘤，它简直是因毒菌败坏了一部分细胞而引起的一种恶性发炎的痈疽，浮肿的肌肉开着碗口大的花，那何尝不也是花花绿绿的绚烂的色彩，其实只是一堆臭脓烂肉。唉！气味便是从那里发出的吧！

从排他性的个人主义到排他性的民族主义，是必然的发展。我是英雄，当然我的族类全是英雄。炎性是会得蔓延的，这不必细说。

极端的个人主义者必然也是个唯心主义者。心灵是个人行为的发号施令者，夸大了个人，便夸大了心灵。也许我只是历史上又一个环境的幸运儿，但我总以为我的成功，完全由于自己的意志或精神力量，只因为除了我个人，我什么也没看见。我只知道向自己身上去发现成功的因素，追得愈深，想得愈玄，于是便不能有堕入唯心论的迷魂阵中。

一切环境因素，一切有利的物质条件，一切收入的帐簿都被转到支出项下了，我惊讶于自身无尽的财富，而又找不出它的来源，我的结论只好是"天生德于予"了。于是我不但是英雄，而且是圣人了！

由不曾失败的英雄，一变而为不曾错误的圣人，我便与"真理"同体化了，因而"我"与"人"就变成"是"与"非"的同义语了。从此一切暴行只要是出于我的，便是美德，因为"我"就是"是"。到这时，可怜的个人主义便交了恶运，环境渐渐于我不利，我于是猜忌，疯狂，甚至迷信，我的个人主义终于到了恶性发炎的阶段，我的结局……天知道是什么！

青年与人生

（文 / 李大钊）

我今就现代青年活动的方向，稍有陈说，望我亲爱的青年垂听！

第一，现代的青年，应该在寂寞的方面活动，不要在热闹的方面活动。近来常听人说："我们青年要耐得过这寂寞日子。"我想这"寂寞日子"，并不是苦境，实在是一种乐境。我觉得世间一切光明，都从寂寞中发见出来。譬如天时，一年有一个冬季，是一年的寂寞日子。在此时间，万木枯黄，气象凋落，死寂，冷静，都是他的特色。可是那一年中最华美的春天，不是就从这个寂寞的冬天发见出来的么？一天有一个暗夜，也是一天的寂寞日子。在此时间，万种的尘嚣嘈杂，都有个一时片刻的安息。可是一日中最光耀的曙色，不是从这寂寞的暗夜发见出来的么？热闹中所含的，都是消沉，都是散灭；黑暗寂寞中所含的，都是发生，都是创造，都是光明。这样讲来，这寂寞日子，实在是有滋味、有趣意的日子，不是忍苦受罪的日子，我们实在乐得过，不是耐得过。况且耐得过的日子，必不长久。一个人若对于一种日子总觉得是耐得过，他的心中，必是认这寂寞日子，是一种苦境，是一种烦恼，那就很容易把他抛弃，去寻快乐日子过。因为避苦求乐，是人性的自然，勉强矜持的心，是靠不住的。譬如孀妇不再嫁，苦是本着他自由的意思，那便是他的乐境，那种寂寞日子，他必乐得过到底。若是全因为受传说偶像的拘束，风俗名教的迫胁，才不去嫁，那真是人间莫大的苦境，那种寂寞日子，他虽天天耐得过，天天总有耐不得跟着。乐得过的是一种趣味，耐得过的是一种矜持。青年呵！我们在寂寞的方面活动，不可带着丝毫勉强矜持的意思，必须知道那里有一种真趣味，一种真光明，甘心情愿乐得过这寂寞日子，才能有这寂寞日子中寻出真趣味，获得真光明的一日。

第二，现代的青年，应该在痛苦的方面活动，不要在欢乐的方面活动。本来苦乐两境，是比较的，不是绝对的。哪个苦？哪个乐？全靠各人的主观去判定他，本靡有一定标准的。我从前曾发过一种谬想，以为人生的趣味就在苦中求乐，受苦是人生本分，我们青年应该练忍苦的本领。后来觉得大错。避苦求乐，是人性的自然，背着自然去做，不是勉强，就是虚伪。这忍苦的人生观，是勉强的人生观，虚伪的人生观。那求乐的人生观，才是自然的人生观，真实的人生观。我们应该顺应自然，立在真实上，求得人生的光明，不可陷入勉强、虚伪的境界，把真正人生都归幻灭。但是，求乐虽是人性的自然，苦境总缘着这乐境发生，总来缠绕，这又当怎样摆脱呢？关于此点，我却有一个新见解，可是妥当与否，我自己还未敢自信。我觉得人生求乐的方法，最好莫过于尊重劳动。一切乐境，都可由劳动得来，一切苦境，都可由劳动解脱。劳动的人，自然没有苦境跟着他。这个道理，可以由精神的物质的两方面说。劳动为一切物质的富源，一切物品，都是劳动的结果。我们凭的几，坐的椅，写字用的纸笔墨砚，乃至吃的米，饮的水，穿的衣，靡有一样不是从劳动中得来。这是很容易晓得的。至于精神的方面，一切苦恼，也可以拿劳动去排除他，解脱他。这一点一般人却是多不注意。一个人一天到晚，无所事事，这个境界的本身，已竟是大苦；而在无事的时间，一切不正当的欲望，靡趣味的思索，都乘隙而生；疲敝陈惰的血分，周满于身心，一切悲苦烦恼，相因而至，于是要想个消遣的法子。这消遣的法子，除去劳动，便靡有正当的法则。吃喝嫖赌，真是苦中苦的魔窟，把宝贵的人生，都消磨在这个中间，岂不可惜！岂不可痛！堕落在这里的人，都是不知道尊重劳动，不知道劳动中有无限的快乐，所以才误入迷途了。青年呵！你们要晓得劳动的人，实在不知道苦是什么东西。譬如身子疲乏，若去劳动一时半刻，顿得非常的爽快。隆冬的时候，若是坐着洋车出门，把浑身冻得战栗，若是步行走个十里五里，顿觉周身温暖。免苦的好法子，就是劳动。这叫作尊劳主义。这样讲来，社会上的人，若都本着这尊劳主义去达他们人生的目的，世间不就靡有什么苦痛了吗？你为何又说要我们青年在苦痛方面活动呢？此问甚是。但是现在的社会，持尊劳主义的人很少，而且社会的组织不良，少数劳动的人，所得的结果，都被大多数不劳动的人掠夺一空。劳动的人，仍不免有苦痛，仍不免有悲惨，而且最苦痛最悲惨的人，恐怕就是这些劳动的人。所以我们要打起精神来，寻着那苦痛悲惨的声音走。我们要晓得痛苦的人，是些什么人？痛苦的事，是些什么事？痛苦的原因，在什么地方？要想解脱他们的苦痛，应该用什么方法？我们不能从苦痛里救出他们，还有谁何能救出他们，肯救出他们？常听假慈悲的人说，这个苦痛悲惨的地方，我们真是不忍去，不忍看。但是我们青年朋友们，却是不忍不去，不忍不看，不忍不援手，把他们提醒，大家一齐消灭这苦痛的原因呵！

第三，现代的青年，也应在黑暗的方面活动，不要专在光明的方面活动。人生的努力，总向光明的方面走，这是人类向上的自然动机，但是世间果然到了光明的机运，无一处不是光明？我们在这光明中享尽人生之乐，岂不是一大幸事？无如世间的黑暗，仍旧遍在，许多的同胞，都陷溺到黑暗中间，我们焉能独自享受光明呢？同胞都在黑暗里面，我们不去援救他们，却自找一点不沾泥土的地方，偷去安乐，偷去清洁，那种光明，究竟能算得光明么？那种幸福，究竟能算得幸福么？旧时代的青年讲修养的，犹且有"先忧后乐"的话，新时代的青年，单单做到"独善其身"、"洁身自好"的地步，能算尽了责任的人么？俄国某诗人训告他们青年说："毁了你的巢居，离开你的父母，你要独立自营，保信你心的清白与自然，那里有悲惨愁苦的声音，你到那里去活动。"这话真是现代青年的宝训，真是现代青年的警钟。我们睁开眼看！那些残杀同胞的兵士们，果真都是他们自己愿做这样残暴的事情么？杀人果真是他们的幸福么？他们就没有一段苦情不平，为一般人所不知道的么？他们的背后，果真没有什么东西逼他们去作杀人野兽么？那么倚门卖笑的娼妓们，果真都是他们自己愿做这样丑贱的事情么？卖笑果真是他们的幸福么？他们就没有一段苦情不平，为一般人所不知道的么？他们的背后，果真没有什么东西迫他们去作辱身的贱业么？那些监狱里的囚犯们，果真都是他们自己愿作罪恶的事么？他们做的犯法的事，果真是罪恶么？他们所受的刑罚，果真适当他们的罪恶么？他们就没有一段苦情不平，为一般人所不知道的么？他们的背后，果真没有什么东西逼他们陷于罪恶或是受了冤枉么？再看巷里街头老幼男女的乞丐们，冻馁的战抖在一堆，一种求爷叫奶的声音，最是可怜，一种秽垢惰丧的神气，最是伤心，他们果真愿作这可耻的态度丝毫不觉羞耻么？他们堕落到这个样子，果真都因为他们是天生的废材么？他们就没有一段苦情不平，为一般人所不知道的么？他们的背后，果真没有什么东西逼他们不得不如此么？由此类推，社会上一切陷于罪恶、堕落、秽污、黑暗的人，都不必全是他们本身的罪过。谁都是爹娘生的，谁都有不灭的人性，我们不可把他们看作洪水猛兽，远远的躲避他们。固然在黑暗的里面，潜藏着许多恶魔毒菌，但是防疫的医生，虽有被传染的危险，也是不能不在恶疫中奋斗。青年呵！只要把你的心放在坦白清明的境界，尽管拿你的光明去照澈大千的黑暗，就是有时困于魔境，或竟作了牺牲，也必有良好的效果，发生出来。只要你的光明永不灭绝，世间的黑暗，终有灭绝的一天。

生命的意义

（文 / 罗家伦）

我们人类的生命很多，宇宙间万物的生命更多。生之现象，非常普遍。但是我们为什么生在世上？这个问题，数千年来经过多少哲学家科学家的研讨和追求。如果做了人而对于人生的意义不明了，浑浑噩噩，糊涂一世，那他真是白活了。因为对于本身的生命还不明白，我们的行为，就没有标准；我们的态度，也无从确定。有许多人觉得生活很是痛苦，恨不得立刻把自己的生命毁灭掉。他觉得活在世上，乃是尝着无穷尽的痛苦；在生命的背后，似乎有一种黑暗的魔力，时刻逼着他向苦难的路上推动，使他欲生不能，欲死不得；因此他常想设法解除这生命的痛苦。

佛教所谓"涅槃"，也就是谋解除生命痛苦的一个方法。不过是否真能解除，乃是另一问题。又有些人认生命是快乐的，以为世界上一切事物，宇宙间一切创作，都是供我们享受的，遂成为一种绝对的享乐主义。其他对于生命所抱的态度很多，要皆各有其见解。我们若是不知道生命真正的意义，就会彷徨歧路，感觉生命的空虚，于是一切行动，茫无所措。所以我们对于这个问题，至少应该有一种初步的，也就是基本的反省。

第一，在无量数生命中，人的生命何以有特别意义？

如果就"生命"二字来讲，他的意义非常广泛。谈到宇宙的生命，其含义更深。这个纯粹的哲学问题，此处暂且不讲。生命既然很多，人类的生命，不过为宇宙无穷生命之一部分。庄子说："朝菌不知晦朔，蟪蛄不知春秋，"朝菌蟪蛄，何尝没有生命？大之如"天山龙"，固曾有其生命，小之如微生物，也有生命。但是在这无量数的生命中，为什么人的生命，才有特殊的意义？为什么人的生命，才有特殊的价值？为什么只有人才对他的生命发生意义和价值的问题？

第二，生命是变动的，物我之间，究有什么关系？

生命是变动的。我们身上的细胞，每天有多少新的生出来，多少陈旧的逐渐死去。这种新陈代谢的变动，可说无一刻停止。我们采取动植矿物的滋养成分为食料，以增加我们的新细胞，维持我们的生长；但一旦人死了，身体的有机组织，又渐腐败分离，为其他动植矿物所吸收。生命之循环，变化无已。我们若分析人类的生命，与其他动植物的生命，可以发生许多哲学上的推论。如近代柏格森、杜里舒等哲学系统，都是由此而来的。即梁启超氏，今日之我非昨日之我，故不惜今日之我与昨日之我宣战的一段话，也是由于观察生命不断变动的现象而来的，不过他得到的是不正确的推论罢了。可见我们总是想到在生命不断的变动当中，物我之间究有什么关系这个问题。

第三，生命随着时间容易过去。

生命随着真实的时空不断地过去。人生上寿，不过百年，转瞬消逝，于是便有"生为尧舜死亦枯骨，生为桀纣死亦枯骨"之感。在悠悠无穷的时间中，人的一生不过一刹那。印度人认宇宙曾经多少劫；每劫若干亿万年。人的生命，在这无数劫中，还不是一刹那吗？若仅就生命现在的一刹那看来，时光实在过于短促；生命的价值，如果仅以一刹那之长短来估定，那末人生实在没有多大意义。尧舜苦心经营创制，不过是一刹那的过去；桀纣醉生梦死，作恶殃民，也不过是一刹那的过去。若是把他们的生命价值认为相等，岂非笑话！故以生命之久暂来估定他的意义与价值，当然是不妥。一个人只要有高尚的思想，伟大的人格，虽不生为百岁老人，亦有何伤？否则上寿百岁与三十四十岁而死者，从无穷尽的时间过程看来，都不过是一刹那。欲从这时间久暂上来求得生命的意义，真是微乎其微。故生命的意义，当然别有所在。

这就是我们对于生命初步的反省。我们从此得到了三个认识，就是：生命是无数的，生命是变动的，生命是容易过去的。

人生的意义在能认识和创造生命的价值宇宙间的生命，既是如此的多，何以只是人类的生命，才有特别的意义？想解答这个问题，是属于价值哲学的研究。人的生命之所以有意义，乃是因为人能认识和创造人生的价值。因为人类能够反省，所以他能对于宇宙整个的系统，求得认识；更能从宇宙的整个系统之中，认识其本身价值之所在。人类的生命，虽然限制在一定的空时系统之中，但是他能够扩大经验的范围，不受环境的束缚；能够离开现实的环境而创造理想的意境。其他动物则不能如此。例如蛙在井中，则以井为其唯一的天地；离开了井，他便一无认识。人类则不然，其意境所托，可以另辟天地。只有人才能把世上的事事物物，分析观察，整理成一个系统，探讨彼此间的关系，以求得存在于这个系统内的原理，并且能综合各种原理，以推寻生命的究竟。

说到人类能创造价值一层，对于生命的意义，尤关重要。一方面他固须接受前人对于人生已定了的价值表，一方面更须自己重新定出价值表来，不断地根据这种新的启示，鼓励自己和领导大家从事于创造事业和完成使命。如此，不但个人的生命，不致等闲消失，并且把整个人类生命的意义提高。古圣先哲，终生的努力，就在于此。这是旁的生命所不能做，而为人类生命所能独到的。所以说宇宙间的生命虽是无量数，惟有人类的生命才有特殊的意义。

　　人格的统一性与一贯性——生命不断地变，但必须求得当中不变的真理。我们人类虽每天吸收动植矿物的滋养成分，以促进身体上新陈代谢的变化，但是生命当中所包含的真理，决不因生理上的变化而稍移易。这种生命的一贯性和统一性，就是人格。人因为有人格，所以不致因为今日食猪肉，就发猪脾气；明天食牛肉，就发牛脾气。只是以一切的物质，为我们生命的燃料罢了！至于"今日之我与昨日之我宣战"的见解，正是因为缺乏了整个的人格观念，所以陷入于可笑的矛盾。世界上人与人相处，彼此之间全赖有人格的认识。大家所共认为是善人的，应该今日如此，明日也必定如此；今年如此，明年也必定如此。若是人类无此维系，便无人类的社会可言。所谓人格，就是一贯的自我。他应当是根据我们对于宇宙系统的研究与反省所得到的精确认识，而向着完满的意境前进，向着真善美的世界发展的。他须努力使生命格外美满和谐，使个人的生命与整个宇宙的生命相协调。他更须佐以渊博的知识，培以丰富纯正的感情，从事于促成生命系统的完善。这种好的人格才真是一贯的；因为是一贯的，所以是经得起困苦艰难，决不会随着变幻的外界现象而转移的。有了这种人格，然后在整个宇宙的生命系统当中，人的生命才可立定一个适当的地位。倘若今日如此，明日如彼；苟且偷安，随波逐流，便认为是自我的满足；那不但是无修养，而且是无人格。人与其他生物的分际，就在人格上。人虽吸收了若干外来的食物成分，变其血轮，变其细胞，变其生理上的一切，但他的人格，理想上的人格，永久不变，这就是人格的统一性与一贯性。可见生命虽不断地变，尚有不变者在。这也是人类生命的特殊性。

要保持生力，从力行中以生命来换取伟大的事业——生命随着时间容易过去。《庄子》上所说的朝菌蟪蛄，固然生命很短；楚南冥灵，以五百岁为春，五百岁为秋，上古大椿，以八千岁为春，八千岁为秋，这种生命可以说是很长了，然而在整个时间系统之中，又何尝不是一刹那的过去？故生命的长短，不足以决定生命之价值。生命之价值，要看生命存在的意义如何，乃能决定。吾人之生，决定要有一种作为。生命虽易过去，但有一点不灭，那就是以生命所换来永不磨灭的事业。古今来已死过了的生命不知有多少，若以四万万人每人能活到六十岁来计算，那么，每六十年要死去四万万，一百二十年就死去八万万，照此推算下去，有史以来，过去了的生命，不知若干万万。但是古今来立德立功立言的人，名垂青史，虽在千百年以后，也还是为人所景仰崇拜；那些追随流俗，一事无成的人，他的姓名，及身就不为人所知，到了后代，更如飘忽的云烟，一些痕迹也不曾留着。所以唯有事业，才是人生的成绩，人类的遗产。孔子虽死，他的伦理教训，仍然存在；秦始皇虽死，他为中国立下的大一统规模，依然存在；拿破仑已死，他的法典，仍然存在。生命虽暂，而以生命换来的事业，是不会磨灭的；其事业的精神，也永远会由后人继承了去发扬光大。诸葛亮在隆中，自比管乐；管乐生在数百年前，其遗留的事业精神，诸葛亮继承着去发扬光大。左宗棠平新疆，以"新亮"自居，也就是隐然以诸葛亮自承。所以生命之易消逝，不足为忧；

所忧者当在这有限的生命，能否换来无限光荣的事业。若是苟且偷生，闲居待死，就是活到九十或百岁，仍与人类社会无关。生命千万不可浪费，浪费生命是最可惜的事。萧伯纳曾叹人生活到可以创造事业的年龄，即行死去，觉得太不经济。他想如果人能和基督教创世记所载的眉寿是拉一样，活到九百六十九岁，则文明的进步岂不更有可观。但这是文学家的理想，是做不到的事。然而西洋人利用生命的时间，比中国人却经济多了。西洋人从四十岁到七十岁为从事贡献于政治、文艺、哲学、科学以及工商社会事业的有效时期，而中国人四十岁以后即呈衰老，到六十岁就打算就木。两相比较，中国人生命的短促和浪费，真可惊人！我们既然不能希望活到二百多岁，我们就得把这七八十年的一段生命，好好利用。我们要有长命的企图，我们同时要有短命的打算。长命的企图是我们不要把生命消耗在无意义的方面。短命的打算是我们要活一天做两天的事，活一年做两年的事。不问何时死去，事业先已成就。我们生在世上一天，就得充分的保持和发挥自己的生力一天。无生力的生命，是不会成就伟大事业的，无伟大事业的生命，是无声无臭度过的。

所以人生在世，不要因生命之数量过多及其容易消逝而轻视生命，不要因生命之时常变动而随波逐流，终至侮辱生命。我们须得对人生的价值有认识，对人格能维持其一贯性；以鞠躬尽瘁，死而后已的精神，加紧的去把自己的生命，换成伟大的事业。这样，才不是偷生，才不是枉生！

人生真义

（文／陈独秀）

　　人生在世，究竟为的甚么？究竟应该怎样？这两句话实在难得回答的很，我们若是不能回答这两句话，糊糊涂涂过了一生，岂不是太无意识吗？自古以来，说明这个道理的人也算不少，大概约有数种：第一是宗教家，像那佛教家说：世界本来是个幻象，人生本来无生；"真如"本性为"无明"所迷，才现出一切生灭幻象；一旦"无明"灭，一切生灭幻象都没有了，还有甚么世界，还有甚么人生呢？又像那耶稣教说：人类本是上帝用土造成的，死后仍旧变为泥土；那生在世上信从上帝的，灵魂升天；不信上帝的，便魂归地狱，永无超生的希望。第二是哲学家，像那孔、孟一流人物，专以正心、修身、齐家、治国、平天下，做一大道德家、大政治家，为人生最大的目的。又像那老、庄的意见，以为万事万物都应当顺应自然；人生知足，便可常乐，万万不可强求。又像那墨翟主张牺牲自己，利益他人为人生义务。又像那杨朱主张尊重自己的意志，不必对他人讲甚么道德。又像那德国人尼采也是主张尊重个人的意志，发挥个人的天才，成功一个大艺术家、大事业家、叫做寻常人以上的"超人"，才算是人生目的；甚么仁义道德，都是骗人的说话。第三是科学家。科学家说人类也是自然界一种物质，没有甚么灵魂；生存的时候，一切苦乐善恶，都为物质界自然法则所支配；死后物质分散，另变一种作用，没有联续的记忆和知觉。

这些人所说的道理，各个不同。人生在世，究竟为的甚么，应该怎样呢？我想佛教家所说的话，未免太迂阔。个人的生灭，虽然是幻象，世界人生之全体，能说不是真实存在吗？人生"真如"性中，何以忽然有"无明"呢？既然有了"无明"，众生的"无明"，何以忽然都能灭尽呢？"无明"既然不灭，一切生灭现象，

何以能免呢？一切生灭现象既不能免，吾人人生在世，便要想想究竟为的甚么，应该怎样才是。耶教所说，更是凭空捏造，不能证实的了。上帝能造人类，上帝是何物所造呢？上帝有无，既不能证实；那耶教的人生观，便完全不足相信了。孔、孟所说的正心、修身、齐家、治国、平天下，只算是人生一种行为和事业，不能包括人生全体的真义。吾人若是专门牺牲自己，利益他人，乃是为他人而生，不是为

自己而生，决非个人生存的根本理由，墨子的思想，也未免太偏了。杨朱和尼采的主张，虽然说破了人生的真相，但照此极端做去，这组织复杂的文明社会，又如何行得过去呢？人生一世，安命知足，事事听其自然，不去强求，自然是快活得很。但是这种快活的幸福，高等动物反不如下等动物，文明社会反不如野蛮社会；我们中国人受了老、庄的教训，所以退化到这等地步。 科学家说人死没有灵魂，生时一切苦乐善恶，都为物质界自然法则所支配，这几句话倒难以驳他。但是我们个人虽是必死的，全民族是不容易死的，全人类更是不容易死的了。全民族全人类所创的文明事业，留在世界上，写在历史上，传到后代，这不是我们死后联续的记忆和知觉吗？

照这样看起来，我们现在时代的人所见人生真义，可以明白了。今略举如下：

（一）人生在世，个人是生灭无常的，社会是真实存在的。

（二）社会的文明幸福，是个人造成的，也是个人应该享受的。

（三）社会是个人集成的，除去个人，便没有社会；所以个人的意志和快乐，是应该尊重的。

（四）社会是个人的总寿命，社会解散，个人死后便没有联续的记忆和知觉；所以社会的组织和秩序，是应该尊重的。

（五）执行意志，满足欲望（自食色以至道德的名誉，都是欲望），是个人生存的根本理由，始终不变的（此处可以说"天不变，道亦不变"）。

（六）一切宗教、法律、道德、政治，不过是维持社会不得已的方法，非个人所以乐生的原意，可以随着时势变更的。

（七）人生幸福，是人生自身出力造成的，非是上帝所赐，也不是听其自然所能成就的。若是上帝所赐，何以厚于今人而薄于古人？若是听其自然所能成就，何以世界各民族的幸福不能够一样呢？

（八）个人之在社会，好像细胞之在人身，生灭无常，新陈代谢，本是理所当然，丝毫不足恐怖。

（九）要享幸福，莫怕痛苦。现在个人的痛苦，有时可以造成未来个人的幸福。譬如有主义的战争所流的血，往往洗去人类或民族的污点。极大的瘟疫，往往促成科学的发达。

总而言之，人生在世，究竟为的甚么？究竟应该怎样？我敢说道："个人生存的时候，当努力造成幸福，享受幸福；并且留在社会上，后来的个人也能够享受。递相授受，以至无穷。"

纪念几位今年逝去的友人

（文／郑振铎）

当这个"万方多难"的年头，逝去了几位友人，正有如万木森森的树林里，落下了两片三片的黄叶，那又算得什么事！我们该追悼无数为主义而脰折断颈的"烈士"，我们该追悼无数为抵御强权，为维护民族的生存而被大炮枪弹所屠杀的兵士，我们该追悼无数的在国内、国外任人烹割的，无抵抗的民众。我们真无暇纪念到我们自己的几位友人们，当这个"万方多难"的年头！

然而在这个"万方多难"的年头，逝去了的那几位友人，却正是无数的受苦难的民众的缩影。我们为那几位友人而哭，而哀悼，除了为我们的友情之外，也还有些难堪的别的情怀在。我们的勇士实在太少了。我们的诗才也实在太寥落了。当这个年头儿，该是许多勇士，许多诗人，为民众，为生活在这个古老的国土上的人类效力的时候，却正是那些最勇敢的勇士们受最难堪的苦难，而逝去，也正是那些最可珍异的诗才们受无妄之横祸的时候。站在最前面的一批，去了，远了，后继者有谁呢？真难说！这是我们所不得不为我们的逝去的友人们痛心的。我们常是太取巧了，太个人主义了，太自私了。站在任何主义的坚固的阵线上而作战的人们，在这古老的国里，几千年来就不多几个。现在是个大转变的时代，该产生出无数的意志坚定的战士，有为民众，为主义——不管他什么主义——而牺牲而努力。在过去的三五年间也真的产生了不少这样的无名的英雄们。这是我们这个古老的民族的一线新的生机。我们该爱护这新生的根芽，我们该培植这新生的德性。然而不然，最遭苦难的却正是他们！那不全是被"屠杀"，——当然那是最重要的一个原因——也还有无数的别的不可说的法术儿，被用来销铄他们，毁亡他们。总之，要使意志坚定的最好的最有希望的青年们，在全国不见了踪迹。这是我们最可痛心的事。

至少，至少，我们该为国家爱惜有希望的人们，为民族爱惜意志坚定的战士们。这是我忆念到今年逝去的几位友人们便要觉得痛心的，不仅仅是为了个人有的友情而已。

一、胡也频先生

第一个该纪念的友人是胡也频先生，在今年逝去的友人们中。

胡先生的死，离现在已有好几个月了，我老想对他的死说几句话，老是没有机会。他的死是一个战士般的牺牲，是值得任何敌与友的致敬的。

　　凡是认识也频的人，没有一个曾会想到他的死会是那样的一个英雄的死。他是那样的文弱，那样的和平；他是一位十足的"绅士式"的文人，做着并不刺激的诗与小说的，谁会想得到他竟会遭际到那样的一个英雄的死?

　　也频的诗与小说，最早是在北平的《晨报》副刊和《现代评论》上发表的。在那个时代，他所写的诗与小说一点也没有比当代的一般流行的诗人和小说家们的作品有什么更足以招祸惹殃的所在。他的诗文散文，完全是所谓"绅士式"的文学：圆润，技巧；说的是日常的生活，绅士的故事。一丝半毫的反抗时代的影子，在那里都找不到。他们如百灵鸟在无云的天空，独自的歌唏着，他们如黄莺儿在枝头上跳跃不定的一声两声自得的鸣叫着。他们似还没有尝到任何真实的人间的生活的辛辣味儿。

　　后来，他到了上海。他的作品便常在《小说月报》上及他和丁玲，沈从文诸位自己所办的《红黑》上发表，他的作风还是一毫也不曾变动。他那时所写的，似以小说为最多。

也只是些"绅士式"的小说。

有一天，他和从文同到我们那里来。"我们组织了一个出版机关，要自己出个文艺杂志。"也频这样说，微笑的。

"要你们大家都帮忙才好呢。"从文说。过几天，果然有"红黑社"请客的通知来。

那一天在静安寺路华安公司的楼上，举行了一次很盛大的宴会，倒有不少我所不认识的士女。也频和丁玲是那样殷勤的招待着。也频的瘦削的脸上，照耀着喜悦的颜色。他是十足的表现着"绅士式"的文人的气度，——但恐怕这便是最后的一次了。

《红黑》出版了几期，听说《红黑》的出版部，发生了问题。没有别的，只为的是："红""黑"两个字太鲜明得碍目。于是不管它的内容如何，便来了一次不很愉快的干涉和阻碍。在那个时候，也频定受有很大的刺激与冲动。后来的转变，或已于此时植下很深的根芽。

有半年之久，他所做的仍是那一类"绅士式"的小说。那时他的生活似很艰苦，常常要为了生活而做小说，要为了卖小说而奔走着。在那个时候，他是和"现实的生活"窄路相逢了；他和它面对面的站着。常有被它吞没下去的危险。

但他始终是挣扎着，并不退却，也并不转入悲观。

常是为了"没有米了"，"房钱是来催迫过好几趟了"的题目，执持了匆匆完稿的作品去出卖。

逢到"婉辞拒却"的机会是不少的，但也颇始终保持着他的雍容大量的绅士态度，一点也不着恼。把他的文字作严刻的讥弹着的也有，但他仍是很虚心的并不表现出不愉快的态度来。

我不曾见过那么好脾气的小说家，诗人。

在那个时候，他和我见面的时候不少。他那生疏的福州话，常使我很感动。我虽生长在外乡，但对于本地的乡谈，打得似乎要比他高明些。他和我是无话不谈的，在那时候。

不知在什么时候，他的作风，他的生活突然的起了一个绝大的转变，这个大转变，使他由"绅士"一跃而成为一个战士，使他由颓唐的文人的生活，一变而成为一位勇敢的时代的先驱。

他的爽直的性格，真纯的意志，充足的生活力，以至他的富有向前进的精神，都足以使他毫不踌躇的实现他的这个转变，使他并不退缩的站到时代的最前线去。

我记得，他有好几个月不来了。在前年的冬天，一个灰暗的下午，他又来了，带了一包的原稿。"我现在的作风转变了，这是转变后的第一篇小说，中篇的，请你看看，可否有发表的机会。"

那中篇小说的题目是《到莫斯科去》。我匆匆的翻了一遍，颇为他的大胆的记述和言论所震动。"等我细细拜读一下再说。假如没有什么'违碍'，发表当然是不成问题的。"我说。我不好意思立刻便对他说，那题目便是一个最会"触犯时忌"的标识。

像那样坦白的暴露着最会"触犯时忌"的事实的小说，在当时的出版物上，至少在《小说月报》上——是没法可以发表的。所以第二次他来了时，我便真心抱歉的对他说道："实在太对不住了，这部中篇，为了有'违碍'，月报上似乎是不能发表的。"也频非常明了我的地位，他微笑道："没有什么，没有什么。我也知道有些'不便'。但请你指教这小说里有什么不妥当的所在？"我坦白的说出了我的意见。他很觉得同意。

以后，他依然常常来，还常常拿稿子来，但不常常是他自己的，有时是丁玲的，有时是从文的。他还不时的说穷，但精神却极为焕发，似乎他的兴会比往常都好。我知道他在

"工作"，但我决不问他什么——我向来是绝对不打听友人们的行动的。在他小说里，我见到他是时时很坦白的在诉说他的"工作"的情形，以及心理上的转变与进展。在去年下半年的小说里，他似仍在写着他自己的"工作"的事；但在那时，有一件在他生活里比较重要的事发生，那便是丁玲的生孩子。为了这件事，他奔走筹划了不少时候。他所写的《母亲》和《牺牲》的两个短篇，便可充分的表现出他那时的心理的变化。我以为，在他的许多小说里，那两篇是要归入最好的一边，就技巧而论。他这件家庭的事，刚刚忙过去不久，不料一个惊人的消息便接着而来，那便是他的被捕。我始终不大明白他被捕的真实原因何在。关于这，有种种的传言。

从他被捕以后，由丁玲、从文那里，时时得到如何设法营救他的消息。突然的，又有一个惊人的消息传来，那便是他已经是如一个战士般的牺牲了。关于这，又有种种的传言。其中的一个是，在一个死寂的中夜的时候，有人听见一队少年们高唱着《国际歌》，接着"拍拍拍"的一阵枪声，便将这激昂高吭的歌声永远，永远的打断了。也频便是这样的战士般的死去，据说。谁知道呢？但从此以后，便不再听见关于营救他的消息了，也不再听到关于他的任何的消息了。

他是这样的得到一个英雄的死！凡是认识也频的人谁还会想得到呢？！

二、洛生先生

第二个该纪念的友人是洛生先生。洛生是他的笔名，他的真实的姓名是恽雨棠。我有好久不知道洛生是何等样人，虽然在《小说月报》上已几次的登载过他的文字，——正如我有好久不知道巴金先生是谁一样。大约是前年的秋天吧，同事的某先生送来了一册文稿，他说："这是一个朋友转交来的，不知《小说月报》上可登否？"那是题为《苏俄文艺概论》的一册原稿，底下作者的署名是"洛生"二字。我读了那册原稿，觉得叙述很有条理，在那几万个字里，已将我们所想知道的俄国大革命后的文坛的历史与现状，说得十分的明白，一点也不含糊。我很想知道洛生是谁，但那位同事，他也不明白。他说，只知道洛生是曾经到过俄国的，他的俄文程度很不坏而已。我不再追问下去。我很想请洛生多译些小说或论文，但自从刊出《概论》之后，总有半年多没有得到他的消息，也再没有人提起过他。

我不知道他的所在，我不知他是谁。有一天，在早晨成堆的送来的邮件里，我得到一封署名为洛生的信，他说，约定在某一天来看我，有事面谈。我很高兴，我终于能见到这位谜似的洛生。他依约而来。会客单上写的仍是"洛生"两个字。他是一位身材高大的人，脸部表现久历风霜的颜色。从他那坚定有威的容颜上便知道他定是一位意志异常的坚定的。在我的许多友人们里，似没有比他更为严肃、坚定的。我们没有谈过一句题外话。他来，是为了稿件的事，谈完了，便告辞。我一点也不曾想到要问他的姓名。

后来，他不时的来，也总是为了文稿的事。我们渐渐的熟悉了。从他的评判和论断上看来，足以见出他是一位很左倾的意志坚定的人物。他的来，常是那样的神秘，有时戴了帽檐压在眉前的打鸟帽，有时戴着眼镜，有时更扮以一位穿短衫的工人般的人物。我不便问他的事。但我很担心他的行动。有人告诉我，他看见洛生穿着一身敞着前胸的蓝布短衣，在拉着洋车呢！有一天。他是那样的谜般的行动，正如他的那样的谜般的姓氏一样。有一次，当四月的繁花怒放的时候，他来了，表示着很严重的神色。正是下午，我坐在沉闷的工作室里，实在有些感着"春"的催睡的威力。他的来，使我如转入另一个气候里。我顿时的清醒了，振作了。

他是来和我谈当时正在流行着的"新兴文艺"的问题的。他问我对这有什么意见，还有：

"你的杂志的态度，究竟如何？"虽然我和他不是很生疏，但这一次那末正式的严重性的访问，颇使我觉得窘。我只得将我的及杂志的地位，详细的使他明了。他没有再追问下去。他当时那副严重的神色，我还记得很清楚。方先生从日本回来，我告诉他，有洛生这样的一个人。"我去打听打听看，高大的个儿，大约是G吧？"方说。"也许是的。"第二次见到方时，方说："我已经打听出来了，他不是G，乃是我们的旧同事——在定书柜上办事的恽雨棠。"

说起恽雨棠，我便记起很早的一位《小说月报》的投稿者来，恽君是曾在《小说月报》上登过一篇小说的。我记得，他用的是很讲究的毛边纸写的，写的字体很清秀可喜，写的故事，也是一篇富于家庭的趣味的事。我的想象中，始终以他为一个很文雅的瘦弱的如一般文人似的人物。谁想得到这位洛生，便会和那位恽雨棠是同一个人。自知道了洛生的真实的姓氏之后，便再也见不到他。有人传说，洛生在闹着恋爱的问题，到外城去了。但他不再来。又有人传说，洛生和他的妻，已一同被捕了。他的不曾再度出现，大约可证实了这个传说吧。过了一两个月，又有传说。洛生和他的妻，都已如战士般的同被牺牲了。

在如今的一个大时代里，这种的牺牲不是少见的。但他不再来！洛生，谜般的出现，便也这样的谜般的消失了。但他不再来！永远的不再来！！！

三、徐志摩先生

第三个应该纪念的是徐志摩先生。我万想不到要追悼到志摩！他的印象，他的清癯的略带苍白的面容，他的爽脆可喜的谈笑，还活泼泼的出现在我的眼前。我和他最后一次的见面是在四个礼拜以前，适之先生的家中。他到了北平，便打电话来找我，我在他的房里坐了两三点钟。我们谈的话都是无关紧要的，但也都是无顾忌的。他的态度仍如平常一般的愉快，无思虑。想不到在四个星期之后，我们便永远的再见不到他了！——我们住在乡下的人，消息真是迟钝，便连他南下的消息，也还不曾听到过呢。我还答应过清华的同学，说要找他来讲演。不料这句话刚说得不到几天，我们便再也听不到他的谈吐，他的语声了！

地山告诉我说，他最后见到志摩的一天，是在前门的拥挤的人群里，志摩和梁思成君夫妇同在着。

"地山，我就要回济南去了呢。"志摩说。

"什么时候再回北平来呢？"

志摩悠然仍带着开玩笑似的态度说道："那倒说不上。也许永不再回来了。"地山复述着最后这句话时，觉得志摩的话颇有些"语谶"。

前天在北海的桥上遇见了铁岩。我们说到了志摩的死。铁岩道："事情是有些可怪。志摩的脸色不是很白的么？但我最后一次见到他时，觉得他的脸上仿佛罩上了一层黑光。"这些都是事后的一种想当然的追忆，未必便是真实的预兆，也许我是太不细心了，这种的预兆，压根儿便不曾在我的心上飘浮过。其实，志摩的死，也实在太突然了，太意外了，致使我们初闻的时候，都不会真确的相信。我见到报纸后，立即打电话去问胡宅："报纸载的徐志摩先生的事靠得住么？"

回复的话是："靠得住的，徐志摩先生确已逝世了。"

"有什么人到济南去料理呢？"

"去的是张慰慈、张奚若几位先生。"

当我第一天见到报纸，载着一架飞机失事了，死了两个机师、一位乘客的失事时，只是慨叹而已。谁想得到，那位乘客便会是志摩！志摩不死于病，不死于国事，不死于种种的"天灾人祸"之中，而死于空中，死于烈焰腾腾，火星乱迸的当儿，这真是一个不平凡的死，且是一个太无端的死！也频、洛生的死，是战士般的牺牲；志摩的死，却是何所为的呢？我们慨叹于一位很有希望的伟大的诗人的逝去，但我们也不忍因此去责备任何人。责备又何所用呢？

志摩是一位最可交的朋友，凡是和他见过面的人，都要这样说。他宽容，他包纳一切，他无机心，这使他对于任何方面，都显得可以相融洽。他鼓励，他欣赏，他赞扬任何派别的文学，受他诱掖的文人可真是不少！人家误会他，他并不生气；人家责骂他，他还能宽容他们。诗人，小说家都是度量狭小得令人可怕的，志摩却超出于一切的常例之外，他的度量的渊渊颇令人难测其深处。

他在上海发起笔会。他的主旨，便在使文人们不要耗费时力于因不相谅解而起的争斗之中。他颇想招致任何派别的文学家，使之聚会于一堂，使得消灭一切无谓的误会。他很希望上海的左翼文人们，也加入这个团体。同时，连久已被人唾弃的"礼拜六"派的通俗文士们，他也想招致（我是最反对他要引入那些通俗文士们的意思的）。虽然结果未必能够尽如他意，然他的心力却已费得不少了。在当代的文坛上像他那样的不具有"派别"的旗帜与偏见的，能够融洽一切，宽容一切的，我还没有见过第二个人。

他是一位很早的文学研究会的会员，但他同别的会社也并不是没有相当的联络，他是一位新月社的最努力的社员，但他对于新月社以外的文学运动，也还不失去其参加的兴趣。他只知道"文学"，他只知道为"文学"而努力，他的动机和兴趣都是异常的纯一的，所以他绝不会成为一位偏执的人。

许多人对于志摩似乎都有些误会。

有的人误会志摩是一个华贵的"公子哥儿"。他们以为：他的生活是异常的愉快与丰富的，他是不必"待米下锅"的，他是不必顾虑到他的明天乃至明年以后的生计的。在表面上看，这种推测倒未必错。他的外表，他的行动，似是一位十足的"公子哥儿"。可惜他做"公子哥儿"的年代恐怕是未必很久。他的父母的家庭的情况，倒足以允许他做一位无忧无虑的"公子哥儿"。但他却早已脱去了家庭的羁绊而独立维持着他自己的生计。他在最近三五年里我晓得，常是为衣食而奔走于四方。他并不充裕。他常要得到稿费以维护家计。有一个时期，他是靠着中华书局的不多的编辑费做他的主要的生活费。有一个时期，他奔走于上海、南京之间，每星期要往来京沪路一次，身兼中大与光华两校的教席，为的是家计！

有的人误会志摩是一位像春天的蛱蝶般的无忧无虑的人物。他们以为志摩的生活既极华贵、舒适，他的心地更是优游愉快；似没有一丝一抹的忧闷的云影曾飞浮过他的心头。我们见到他，永远见到的是恬静若无忧虑的气度，永远见到的是若庄、若谐的愉快的笑语与风趣盎然的谈吐。其实，在志摩的心头，他是深蕴着"不足与外人道"的苦闷的。他的家庭便够他麻烦的了。他的家庭之间，恐怕未必有很怡愉的生活（请恕我太坦率了的诉说）。有好几年了，他只是将黄连似的苦楚，向腹中强自咽下。他绝不向人前诉过一句。也亏得他的性情本来是乐天的，所以常只是以"幽默"来替换了他的"无可奈何的轻喟"。这在他的近几年的诗里，有隐约的影子存在着。我们都可见得出。

更有的人误会志摩只是一位歌颂人世间的光明的诗人，只是一位像站在阳光斑斑斓斓的从树叶缝中窥射下去的枝头上的鸟儿似的，仅是啭唱着他自己的愉快的清歌，因此，这个误会，我们也可以将志摩自己的许多诗与散文去消释了它。志摩的生活并不比生在这个大时代的任何人愉快得多少；他的对于人世间的事变，其感受性的敏捷，也并不下于感受性最敏捷的人们。他所唱的并不全是欢歌。特别是这几年，他的诗差不多常常是充满了肃杀、消极的气氛，下面是一个例：

　　阴沉，黑暗，毒蛇似的蜿蜒！

　　生活逼成了一条甬道：

　　一度陷入，你只可向前，

　　手扪索着冷壁的黏潮，

　　在妖魔的脏腑内挣扎，

　　头顶不见一线的天光，

　　这魂魄，在恐怖的压迫下，

　　除了消灭更有什么愿望？

　　　　　　　（《猛虎集》九十页以下）

这是许多年来的尝够了人世间的"辛苦艰难"发出来

的呼号。志摩也许曾尝过人生的软哈哈的甜蜜，但这许多年来，他所尝到的人生，却是苦到比黄连更要苦的，致使那么活泼的乐天多趣的志摩，也不由得不如他自己所说的成了："一份深刻的忧郁占定了我，这忧郁，我信，竟于渐渐的潜化了我的气质。"（《猛虎集》序五页）

经了这种痛苦与压迫之下，志摩是变了一个人，他的诗也在跟着变。他有成为一位比他现在所成就更为远大，更为伟大的诗人的可能。很可惜的，就在这个转变的时代里，一场不可测的"横祸"竟永远的永远的夺去了志摩的舌与笔！

我不仅为友情而悼我的失去一位最恳挚的朋友，也为这个当前大时代而悼它失去了一位心胸最广，而且最有希望的诗人！

（原载1931年12月《文学月刊》第2卷第1期和1932年1月
《文学月刊》第2卷第2期）